语言群岛图

命令式岛

不定式岛

发生海啸的海滩

虚拟式岛

词语商店

市政厅

词语市场

例外办公室

医院

词语城

欢迎登录 http://www.erik-orsenna.com
来到奥瑟纳的语言群岛

我愿意带着学生及其家长和老师,带着所有爱好语言和文字的人,在温柔的语法、刺人的音符、奇幻的语态和起舞的标点当中,探索语言王国的奥秘。

——埃里克·奥瑟纳

屋村

利先生的家

词语命名
者的小屋

最重要的工厂

归来吧!标点

(法)埃里克·奥瑟纳 著　彭怡 译

Et si on dansait ?
Erik Orsenna

海天出版社(中国·深圳)

图书在版编目(CIP)数据

归来吧！标点 / (法)奥瑟纳著；彭怡译. —深圳：海天出版社，2015.9
（语言群岛探秘）
ISBN 978-7-5507-1444-1

Ⅰ.①归… Ⅱ.①奥… ②彭… Ⅲ.①中篇小说—法国—现代 Ⅳ.①I565.45

中国版本图书馆CIP数据核字(2015)第187163号

版权登记号　图字 19-2013-175 号

Et si on dansait ?
Erik Orsenna
© Éditions Stock, 2009

归来吧！标点
GUILAIBA! BIAODIAN

出 品 人	聂雄前
责任编辑	胡小跃
责任校对	陈少扬
责任技编	蔡梅琴
封面设计	蒙丹广告

出版发行	海天出版社
地　　址	深圳市彩田南路海天综合大厦　(518033)
网　　址	www.htph.com.cn
订购电话	0755-83460293(批发)　83460293(邮购)
设计制作	深圳市龙墨文化传播有限公司（电话：0755-83461000）
印　　刷	深圳市希望印务有限公司
开　　本	889mm×1194mm　1/32
印　　张	4.75
字　　数	60千
版　　次	2015年9月第1版
印　　次	2015年9月第1次
定　　价	20.00元

海天版图书版权所有，侵权必究。
海天版图书凡有印装质量问题，请随时向承印厂调换。

献给保尔和维克多

第 1 章

我承认。

不需要律师,我为自己作有罪辩护。

我叫让娜。

今年 16 岁。

我小的时候,你们当中就有人认识我,因为我发现了语法。从此,我得不断斗争,好让别人尊重我。我哭过。我外出旅行,遇到了一些人。也许我就是在那个时候爱上的?以后再告诉你的。总之,我长大了,我创造了一门小小的应该说有限的生意。

有些不喜欢我的人把我叫作"女经纪",句子的经纪。贩卖词语。他们并没有错。我刚才跟你说过：我为自己作有罪辩护。

总有一天，警察会来到我家，撕毁我的练习本，踩烂我的词典，掀翻我的墨水瓶，没收我的电脑，让它招供出我所有的秘密。他们完全有可能把我铐上手铐，带到警察局。

我承认：假期里，我在制造东西。在我的地下车间里。在你们折磨手机、坐船游览、疯狂地寻找爱情或在沙滩上享受阳光的时候，我在做作业。记叙文、议论文、说明文（尽管

我讨厌这些练习——评论就是切割、去骨、晒干)。一旦制造完毕,我就把它们放在一个纸箱里,找到顾客时便拿出来。

我想象得到你们惊恐的叫喊,尤其是那些教授们:

"你是说,爱捣乱的小让娜,你给那些有需求的学生提供做好的作业?"

"你们都明白了。"

"太可耻了!这是对国民教育部极大的蔑视!学生们肯定付给你钱了……"

"你们的工作不也有工资吗?"

请注意,我的收费很低。我要考虑到每个人的情况,我给有需要的人赊账。为了给作业买单,他们也可以到我家来干零活,帮助我打理小小的花园……

让娜是一个很人道的女商人,心里只有一个念头:为不会做作业的年轻人提供服务。要会写作文,就必须像让娜一样,认识很多字,喜欢很多句子。这可不是每个人都会的。

    我不是傻瓜。我明白那些人为什么对我那么愤怒。如果我代替学生们做作业,他们怎么会进步呢?

    可我还有别的选择吗?你们就知道讲道德!我倒要看看你们处在我的境地会怎么样,我没有父亲帮忙,也没有母亲帮忙。自从我父母和好后,他们全身心地投入到他们新生的爱情中。他们不时会打电话给我们,使劲地拥抱我们,非常非常使劲。但我们明显地感觉到他们的心在别处。他们很快就会挂上电话。没关系,最糟糕的还不在这里。我们习惯了一切,甚至冷漠。最糟糕的是,他们完全忘了大孩子要花多少钱。他们以为每个月给我们寄一张少得可怜的汇款单就完事了:100欧元!两个人靠100欧元怎么生活?我完全要靠自己想办法对付。雪上加霜的是，我亲爱的哥哥托马斯在他20岁生日那天决定，恢复他最初的爱好。

我得跟你们讲讲他是怎样恢复的，又是用哪种可悲的方式。

我们的老朋友亨利先生是一个具有传奇色彩的吉他手，去年离开了人间。

他感到自己末日将近的时候，把我哥哥召到身边：

"托马斯，我的孩子，你在世界上最喜欢什么？"

"当然是音乐啦。"

"我知道。可你为什么干别的事情去了？"

亨利先生的声音好像还是很温柔，但这种温柔就像是一道命令。

"托马斯？"

"我在，亨利先生。"

"人生中唯一的真实，你听好了……唯一的

真实,是爱好……敢于爱好。你喜欢音乐?那就当音乐家。现在,你走吧。我累了……累极了。"

我哥哥怎么会违背亨利先生温柔的命令呢?

但你们都知道,音乐家在"找到公众"之前,是赚不到钱的。那在他成名之前,谁来供养他呢?他妹妹。如果他有幸有个妹妹,一个傻傻的妹妹,总是太好商量,太好脾气,就像大部分妹妹一样。

于是,出于绝对的需要,我,让娜,就成了一个影子作家。所谓的影子作家,就是他写书,别人署名;他写演讲稿,别人发言……他写作业,别人交给老师,还擦着额头上的汗,以示辛苦了好长时间。如果你们感兴趣,可以登录我的网站 www.jecrispourvous-jeanne.com 联系我。

我最成功的作业(我的意思是说,起码 20 分里面得 17 分),可以列举如下:

作文

● 一个毒贩的逮捕（巨大成功）。

● 为什么莱昂纳多·迪卡普里奥①那么吸引人？（男孩们非常感兴趣，他们想弄清他吸引人的秘密。）

● 灾难性的圣诞晚餐。（真实的故事，题材高危：有的老师很不喜欢里面的大喊大叫、骂人的话、扔到喜欢看 X 片的爷爷脸上的火鸡……）

综合评论

● 鲁滨孙·克鲁索②决定记日记。

---

① 莱昂纳多·迪卡普里奥（1974— ），美国影视男演员，主演过《泰坦尼克号》和《了不起的盖茨比》。2014年凭借在《华尔街之狼》中的出色表演获得金球奖最佳男主角奖。
② 《鲁滨孙漂流记》，英国作家丹尼尔·笛福的小说，讲述主人公鲁滨孙·克鲁索因出海遇难，漂流到无人小岛，后回到原来所生活的社会的故事。

- 莫里哀的《吝啬鬼》(第一幕,第三场:阿巴贡以为他的跟班拉弗雷什偷了他的东西,于是进行搜查)。
- 尤其是阿波利内尔的这首诗,我的杰作(也是他的一首杰作)。

Saltimbanques

Dans la plaine les baladins

S'éloignent au long des jardins

Devant l'huis des auberges grises

Par les villages sans églises

Et les enfants s'en vont devant

Les autres suivent en rêvant

Chaque arbre fruitier se résigne

Quand de très loin ils lui font signe

Ils ont des poids ronds ou carrés

Des tambours des cerceaux dorés

L'ours et le singe animaux sages

Quêtent des sous sur leur passage

江湖艺人

穿过没有教堂的乡村

灰色的客栈都关着门

平原上，江湖艺人

沿着一个个花园远去

孩子们走在前头

成人随后，如梦如幻

他们远远地招呼果树

没有一棵果树予以理睬

他们扛着或方或圆的辎重

那是鼓和金色的纸圈

聪明的动物如猴子和熊

在他们经过的路上找钱

如果你成为我的顾客,你会发现,我是多么准确地解释 saltimbanque(这个词来自意大利文"在凳子上跳跃",也就是说"演杂技"、"表演技艺")和 baladin(这个词来自 balar,意思是"跳舞")这两个词。Balade,"没有明确目的的散步",这是否也是一种舞蹈?你会看到我是多么智慧地在我的评论中描写艺术家、孩子与动物之间的关系的。你会表扬我聪明地使用一些让人显得很有学问的词,如"借代"、"提喻法"、"连接符"、"表态要素"等等,深得老师的喜欢。

是的,让娜不够谦虚。可如果一个商人到处说自己的产品一文不值,他还怎么卖他的东西呢?

第 2 章

这些小小的黑活并不能让我发财，远远发不了财。我对你们说过：年轻的顾客没办法付我很多钱。如果我不慢慢地丰富我的产品，以吸引有钱的客人，我和托马斯会活不下去的。

我问自己：什么东西能让成年人感兴趣呢？什么文章才能让他们出大价钱呢？

匆匆一调查，我得知他们首先想的是爱情。所以我一方面上好高中毕业班的文学课，另一方面整理一套针对各种情况的书信：

——相遇后的几行字（一个短信息足矣）；

——表白（含蓄但要清楚）；

——邀请度假；

——建议在父母留下的空屋里度一良宵（"希望我能取得你的信任"）；

——假惺惺的道歉，吵架后想重续旧情；

——向最好的朋友求救；

——分手

a）动真的：永远分手；

b）假惺惺：留有余地。

还有一些成年人（至少是他们当中的某些人）爱好的是权力。想统治别人、领导别人、管理别人。

于是，我悄悄地联系了一些男女政客，啊，我小心极了！

我还记得我接触的第一个政客。看着电视上播放议会演讲的节目，我物色到了一个非常没有料的议员。我给他写了一封信，赞扬说他的演讲太精彩了，是的，真的很精彩，太有远见了（我从来没有听到过这么烦闷、这么臃肿、这么可怜的演讲）。必须承认，演讲的主

真的很美好
有远见的发现

议会
频道

题技术分量还挺高——兴建港口的南堤坝该选择什么质量的水泥?

我一边在信中恭维那个议员,一边(巧妙地,让娜可不傻)给他提供了一个新的演讲稿。我在演讲稿里揭示了大海古老的力量,受到威胁的人每天都生活在恐惧当中,工程的量又有多大……总之,我在讲稿中注入了一些激情。

他希望见我。

见到我的时候,他不敢相信写这封信的作者如此年轻。太可怕了,竟然是一个女孩!我竭尽说服之能事,施展了我的所有外交才能,以便:

1. 阻止他逃跑;

2. 大大地恭维他,让他同意跟我这样一个什么都不是的人合作。

第 3 章

谢谢影子作家这一职业！

由于它，我不但养活了我的小家庭，还潜入到了别人的生活中。(我从中学到了许多东西：对一个未来的作家来说，还有什么比这更好的学习呢？)

我完善了我的文笔。(尽管还得大大提高！)

缩短了句子（从来不超过两行）。

主体部分要清楚（一次从来只讲一件事）。

追捕元音连读，即两个元音很不漂亮地相遇（比如，je suis arrivée ici hier, "我昨晚到达了这里", ici hier, ihi）。

我向你们发誓，我尤其努力地与我最大的

缺点搏斗（你们应该已经注意到，啊，太不好意思了：我喜欢使用括弧）。

亲爱的括弧可以让人在句子中插入一些说明、解释和个人意见！

我的老师曾对我说，而且一再重复，括弧里的意思不重要，它们会拖慢节奏，让文章变得臃肿……

我是个聪明的女孩。我明白这些道理。那我为什么还要固执地旧病重犯呢？我为什么还要继续长期地在文章中大量使用括弧呢？

告诉你吧。

我是经过思考的。

如何解释我对括弧奇特的爱好呢？

我有三个理由：

1. 我需要岛屿。没有岛屿，大海就会感到烦闷。括弧就是句子和文章中的岛屿。

2. 我是个老师。我有自己的教学理念。括弧能帮我解释。

3. 我很难一次只讲一个故事。有了括弧的保护，故事的次要部分就可以在主要故事当中存活了。

凡此种种，让我归纳出一个道理：尽管我做出了种种努力，考虑过各种可能性，我还将继续、大量、极其大量地使用我亲爱的括弧。

第 4 章

托马斯尽管在冷笑、扮酷,装作傲慢的样子,但亨利先生的死还是给他带来了巨大的dévasté(创伤):这个词非常到位地反映了我哥哥的精神状态。在古法语当中,vaste 的意思是"沙漠"。Dévasté,某人失去了他所爱的人,"在 vaste 里",也就是说"在沙漠中"踯躅。

托马斯经常出走,神色忧伤,带着吉他,回来的时候两眼泪水汪汪。有一次,我实在太担心了,便悄悄地跟着他。他一直把我带到坟墓边。我藏在教堂后面。托马斯在老朋友的坟墓上坐下来,像以前一样跟他说话,一点都不难为情。他详详细细地向他讲述岛上最近的爱情新闻,他的老朋友向来喜欢这类流言蜚语。

亨利先生,你不会相信的,但渡船的船长真的疯狂地爱上了一个16岁的红发姑娘。

亨利先生,我得知,从上星期五开始,蓬波奈尔,就是面包师的老婆,她不再戴胸罩了。

亨利先生,你想想啊,体育老师勒费尔夫人在回家见丈夫之前,每天晚上都先去沙滩跟她班里最聪明的学生马蒂厄散步。他们手拉着手,踏在螃蟹身上都没察觉。

小道消息传播完之后,托马斯便向他请教音乐方面的问题:亨利先生,你觉得我的指法怎么样?亨利先生,这一和弦,我为什么拨不出来?

没有了亨利先生,我哥哥就不知所措了。所以他才学普通乐理,他心里应该是这样想的:学会了普通乐理,他就可以读那位音乐家留下的乐谱,因而与之保持联系了。

亨利先生永远是那种工作中的懒人。他在玩滚球游戏、打牌和喝玫瑰露酒的间隙,不动声色地写了大量谁都没有听到过的音乐:一座宝藏啊!

起初,托马斯是悄悄地学。但房间的隔板太薄了,秘密持续不了多久。那些令人绝望的练习,一遍遍弹了几千遍的音符我都忍了。尤其是那种滴答声,简直要让我发疯。活像是一个巨大的闹钟发出的噪声。有一天,我再也忍受不了了,像疯子一样冲进他的房间,抓住发出滴答声的玩意儿。那是

一个金字塔似的小东西，木头做的。托马斯大叫一声，把它从我手里夺了回去。

"我的节拍器！"

"你的什么？"

"你还装作自己识字多！节——拍——器！白痴，这是一种钟摆，打节奏的。"

"'节拍'又是什么意思？"

"有你这样的同胞血肉，我简直感到耻辱、浑身发抖，我感到自己要吐了……"

"你先解释清楚！"

"节拍就是节奏！满脑子书的女孩能不能懂一点节奏？你有没有心啊，你的心跳不跳啊？"

小时候，托马斯常常突然撕破我的T恤。"我为你的奶子感到担心。你真的肯定它们在长大？"于是大战就爆发了，可能会持续几个小时。

但我们慢慢长大了。争吵的时间没那么长了。我们很快又重新成了盟友，甚至是同谋。

他决定给我当老师。

"让娜,静止有几个符号?"

"七个。"

"很好!

"半个四分音符是多少?"

"八分音符。"

"加点的全音符是多少?"

"延长点放在音符后面,这个音符便增加一半时间。所以,让我来算算,如果一个全音符等于两个二分音符,一个加点的全音符就等于……三个二分音符。"

"让娜,你真让我刮目相看!"

"音乐太复杂了!"

"你的意思是说它太智慧了!它比词语丰富、自由得多!而且,说话和写作是侏儒的事,那些没有音乐天分的人才说话写作!"

"谢谢,我也是那类人之一!"

"好了，好了，让娜！别那么敏感，今天我心情很好。你知道，阿根廷有个作家，叫里查多·基拉德斯①，他曾建议用音符来替代所有的标点符号吗？"

我耸耸肩，离开了他的房间。

我很不喜欢哥哥那副得意的样子。

那天晚上，我睡得很晚。我又想起了基拉德斯先生的那个建议。

多好的主张！

第二天，为了开心（当然没有给托马斯看），我用音乐语言给市长写了一篇演讲词：

---

① 基拉德斯（1886 — 1927），阿根廷作家，主要作品有《塞昆多·宋布拉先生》等。

女士们🎵，先生们🎵，亲爱的朋友们🎵：在这决定性的时刻▬，为了我们的城市▬，我想告诉你们▬。

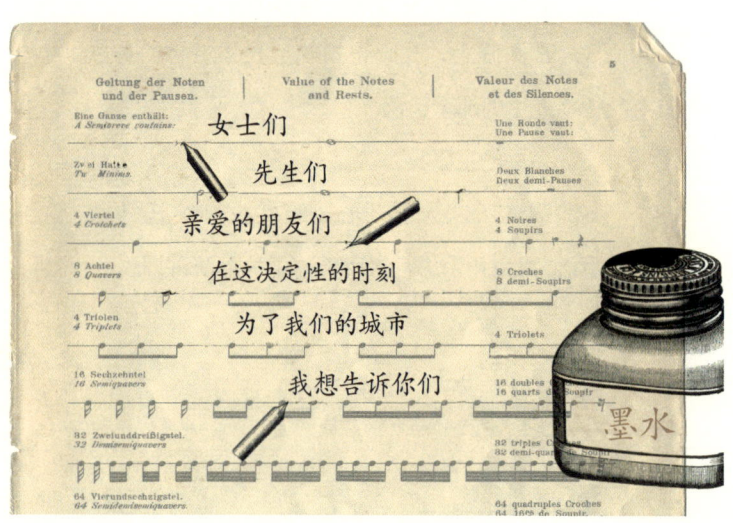

第 5 章

就在我把客人的范围扩大到政界的时候,标点符号的重要性映入了我的眼帘,或者说落入了我的耳中。

什么是演讲?

演讲是一种歌曲,音乐(语调和节奏)在其中起的作用比歌词更重要。一种边讲边写的演说,大声地讲。词语就像是小鸟:它们必须被放到空中,看看是否能飞。如果词语掉下来了,那就要换掉它们。

为了不影响托马斯练习音乐,我走了出去,独自在沙滩上大声念我的文章,只有棕榈树、燕鸥、军舰鸟和草尾维达雀与我为伴。

一天,我听见咚咚的鼓声,回头一看,是托马斯。他什么也没说,陪着我走。

总统先生(他弹击着非洲鼓),议员女士们先生们,亲爱的同胞们(双击):

够了(猛击)!他们许诺我们太多了(同上)!谎撒得太多了(同上)!我们呼吁,该怎么说呢?我们要求在博纳旺图尔区立即开两家公共游泳馆(威胁性的咚咚声)。水对人类来说意味着什么?(掠过鼓面,模拟流水声)……

我修改了我的句子。有的删去,有的加长。

我的顾客，也就是那个愚蠢的议员获得了巨大的成功。

当他说完最后一个句子时，现场响起了热烈的掌声。他走下讲台，获得了热烈的祝贺。

"亲爱的同事，您演讲得太棒了！"

"很有力量！很有节奏！"

"谁改变了你？告诉我，我的大人物，你不会是恋爱了吧？总之，你变成了一个身心投入的演员。"

缩成一团、消失在桌子之间的我自豪极了，很想站起大喊：我叫让娜，讲稿是我写的！

我好不容易控制住了自己。

那个愚蠢的议员，被这一胜利冲昏了头脑，以为自己能独自进行下去。我是说没有让娜（在文字方面）和托马斯（在节奏方面）神奇的双重帮助。他声称不再需要我们的服务。结果，在他的下一场演说中，他的议员朋友们又发现他变得跟以前一样——愚不可及。

没关系!

别的顾客,别的男女政客代替了他。而我也进入了音乐的世界。

我重读了我在那个时期所写的日记,里面有一句托马斯所说的话:"人类应该同时学习,你在听吗,让娜?同时学习说话和唱歌。"

所以,没有音乐,我怎能继续使用词语?

第 6 章

我们大家都有一些滑稽的朋友。其他朋友不喜欢他们,对我们说:真的,说实话,你觉得他怎么样?

我的这个滑稽的朋友,就是语法。

语法试图规范那一大群词语。如果不强迫它们接受某些规则,它们会到处乱跑,胡乱地聚合在一起,到最后谁也认不出它们来。或者,它们全都待在自己的角落里,不愿意组成句子。这太遗憾了!太乱了!语法让它们走到一起,语法把它们联系在了一起,语法使它们互相配合。

现在,你明白我为什么喜欢它了吧?

然而，我最近感到，我滑稽的语法朋友对我有些不满。

"你好像忘了我，你只关心乐谱……可关于节奏，我也有话要说！学了标点符号，你就知道了。"

标点符号？到目前为止，我在文章中只用逗号和句号。应该承认，有点随心所欲。为了安慰我的朋友，我决定好好研究一下它。

"标点符号是在一篇文章中用来表示分隔的符号体系……"

有点晦涩。我接着往下读。让娜是个固执的女孩。

突然，一个句子跳到我的眼前：

"标点符号也可以用来表示感情的某些微妙变化。"

"感情的微妙变化？"标点符号是被创造出来表示感情的？……我一拍脑门：我不是刚刚

才伤心地体验过句号的味道吗？这次，毫无疑问，我跑不了了。你们知道得很清楚，让娜是个一心想着爱情的女孩。

我产生了一个念头：在自己身上寻找每个标点符号所代表的东西。

最近，我曾去印度寻找逃跑的语音符号①。

新德里机场，23号候机区。一扇很厚的玻璃墙把大厅分成两半。

玻璃墙的一边（出发那头）是个很丑的法国女孩的面孔，因为她差点哭了（那就是我，让娜）。

厚玻璃的另一边，是个男孩的面孔。他叫阿米塔夫，一双黑眼睛温暖如火，一抹微笑温柔得像丝绒。这抹微笑从此照亮了我的生活，甚至在阴森的二月，在天气很灰暗的日子里。

---

① 见《音符大逃亡》。

那两片嘴唇不断地跟我说话、说话，差点就要吻我，尽管由于那块可恶的厚玻璃，我什么都听不见。我长话短说吧，因为时间不等人：我的初恋的面孔。

什么是句号？

一阵刺耳嘈杂的声音从高音喇叭里用三种语言向你扑来，而你只懂其中的一种——英语。这个声音并没有意识到自己所造成的痛苦。因为，声音一落，乘客们就在柜台前排起队，递上白色的登机牌，一一消失了，被一辆旧摆渡车所吞没。那辆汽车跟高音喇叭一样旧（它们应该是属于同一个家庭的）。

什么是句号？

同样刺耳的声音又响了起来："小姐！小姐！"

那个声音只能是冲着你来的，因为除了你，23号候机区已经空无一人。

时间到了，出发去巴黎的时间真的到了。

你感到自己就像一头动物,一头将走向屠宰场的动物。你所变成的这头动物不断地对自己说,它就要死了。这头动物是符合逻辑的。谁要是失去了存在的理由,谁就开始死亡了。因为我失去了阿米塔夫,我的心将停止跳动。

你们最后一次回眸。厚厚的玻璃挡不住阿米塔夫给你的温柔和微笑。你最后一次感到了他的温暖。

"小姐,小姐,"柜台后的那位年轻妇女哀求道,"Everyone is waiting for you(大家都在等你)。"

一个愤怒的声音从她拿在右手的一个黑色仪器,一个对讲机模样的东西里发出来。于是,那个年轻的妇女也生气了,从柜台后面走出来,一把抓住你的胳膊,把你拖向旧摆渡车,那里面热得像蒸笼一样,所有人的脸上都汗淋淋的。他们都朝你转过身来,恨你恨得什么似的。

酷热的旧摆渡车关上了门。在火山爆发一般的轰鸣中,车子摇晃起来。我不再哭了。我爱阿米塔夫。我把嘴唇都咬出了血,终于忍住了哭泣。阿米塔夫爱我。飞机起飞了。我不哭了。既然我们永远不会住在世界上的同一个地方,我的初恋就这样结束了。阿米塔夫。

句号。

我又想起那场可怕的旅行。五个空姐和一个迷人的空少并没有什么可指责的,他们已经尽责了。

但孟买到巴黎的 AF 217 航班的乘客之无礼、肮脏和声音伤害却让人难以想象。我唯一的希望是有台摄像机能把我们都录下来:这样我们至少也能打破噩梦类的世界纪录。一般来说,我们应该全都睡觉的。五个空姐和一个空少非常细心地拉下了舷窗上的塑料遮阳板。

"晚安,"他们对我们说,"6 个小时后我们会给你们供应早餐。"

灯光灭了。

但没能让任何人安静下来。

老实说,我只能说说坐在我这边的那些乘客,20排到35排。

首先,三分之一的成年乘客选择看电影。50多个屏幕已经打开。可惜,这些电影迷不知道如何使用遥控器,于是叫啊、抗议啊、生气啊的。更糟的是,他们不能正确使用耳塞,塞不到耳朵里去。我不责怪他们——印度人的耳朵里长满了毛,怎能把一个奇特的东西塞进去呢?结果1,他们把声音开到最大;结果2,噪声。

其次,乘客中大多是孩子,许多孩子。在飞机上,孩子要么是天使,要么是魔鬼,没有中立。我等会儿再来谈这个问题。

第三,那些乘客,至少是20排到35排的乘客,不断地饿和渴。起初,他们动不动就按铃叫空姐。可怜的空姐！现在，空姐不理睬他们了。于是，机舱里开始出现混乱，有人跨过别人的身体，有人踩了别人的脚，有人就在你的鼻子底下放屁，放了一次又一次……

而我呢，就被包围在这重重的噩梦当中。

在这混乱当中，我被卡在最差的一个位置上，E25，也就是说，中间一排的中间。左边（D25）受一个肥胖的女人挤压，她在不断地吃薯条（每次我以为折磨结束的时候，她又从自己的座位里拿出一包）；右边（F25）受一个可怕的小孩攻击，那是一个金发小男孩，既漂亮又阴险，肯定是在学空手道，因为不停地用胳膊抵我、用脚踩我、用头撞我（我丝毫得不到他父亲的救助：飞机一起飞他就睡了，再也没有醒来过，尽管我曾三次狠狠地拧了他可恨的儿子，引发了比纽约警车的警笛还尖利的哭叫声。做什么也比任人拳打脚踢好）。在这种战争气氛中，两个短短的词，可以说是法语当中最短的两个词，et和si怎么会如此大胆地出现在我的头脑里，而且待在那里，尽管遭到了暴力攻击？

向 et 致敬！向 si 祝贺！

Et si（假如）？

假如我太想念阿米塔夫怎么办？

假如他来法国看我呢？

假如我存了足够的钱重返印度呢？

假如……

省略号。

尽管周围嘈杂纷乱，小孩在学空手道，胖

女人在大吃，我还是露出了笑容。我笑啊，笑啊，笑。

我的印度之恋可能并没有在那个悲凉的23号候机区结束。我的印度之恋，我的初恋，有可能会继续。当然，机会不大，但我们能让机会变得大一点吗？

我赶快找语法书，想核实一下词义。

什么叫句号？"表示分隔的符号"或"表示故事结束的符号"。

什么叫省略号？

"表示故事中断的符号"。

（这么说，它将来有一天也许还能继续）。

一个点再加上另外两个点，句号就可以变成省略号了①。希望复苏了。

阿米塔夫，我在等你。

---

① 法语中，句号用一个点来表示，省略号为三个点。

第 7 章

我不敢肯定女孩是否真像她们所说的那样喜欢音乐。我能肯定的,是她们都喜欢音乐家。艺术家的手指好像在弦上散步,有时慢,非常慢,有时又快得让琴弦像火鸡一样颤抖和咯咯地叫着。她们都把自己当吉他了。

我哥从十岁开始(自从亨利先生教他音乐起)就被未婚妻们压垮了。她们破坏了我们的生活,不管白天黑夜(尤其是在半夜),老是钻进我们家里,撒着娇,眨动着睫毛,扭动着她们小小的身躯,轻声地说:

"哦,求你了,再弹点什么吧!"

"你在音乐会上没有听够吗?"

"正因为你在音乐会上迷住了我。可大厅里人太多了。你不愿意？就一首，就为我弹一首……"

我哥哥弹了，女孩谢了他，以女孩感谢别人的方式。

于是，最艰难的事情开始了。要让女孩明白以下几点：

1. 这一感谢并不意味着她能享有什么权利；

2. 我哥哥没准备也不希望再次接受同样的感谢方式；

3. 在这种情况下，最好还是擦干眼泪走人（千万不要哭泣：男孩讨厌悲情，尤其是学音乐的男孩，他们的耳朵比别人敏感）。

由于男孩怯懦（尤其是学音乐的男孩），任务就落在我这个当妹妹的身上了：向那个女发烧友宣布第一点和第二点，并核实由此带来的结果，即第三点，也就是说女孩离开了现场。

很不幸，我对名字的记性特别好。我为什么要把那些愚蠢的音节塞进头脑？西尔维、格温纳埃尔、里奇达、弗朗索瓦丝、瓦内莎、罗拉、伊菲热妮、纳塔莉、韦罗尼克、索尼娅、玛丽－内热，等等，等等。

当我回想起那几年，回想起那几年的那些女孩，我已经记不起她们的面孔了。不管是金发、棕发、红发还是染发，疯狂地爱上音乐家的女孩，她们全都很像。

我只记得几个逗号。

根据正式的定义，什么是逗号？"表示短暂停留的符号"。

逗号对我来说意味着什么？

西尔维、格温纳埃尔、里奇达、弗朗索瓦丝、瓦内莎、罗拉之间"很短、太短的间隔"，在我哥哥的两个未婚妻之间"很短、太短的间隔"。

逗号非常可爱，可惜停留时间太短！

当我成功地替我哥哥摆脱掉他最后的现任崇拜者，便只剩下他和我了。我们有时能独自待上三天，或者四天。什么都不要做，尤其不要弹琴，或者只在风能把琴声吹向大海的时候才弹，免得又招来新的崇拜者。我们互相说蠢话。我们什么都说，正如一对真正相爱的兄妹，互相之间应该无话不说。我们试着想象父母复合之后的生活：他们终于在地球上找到了一块适合他们俩的地方？他们是否以后不再吵

架？托马斯为我抽出一些时间，带我去坐船，乖乖地听我说话。

当我看到文章的逗号，我会情不自禁地想起就剩下托马斯和我的那段极为幸福的日子。我非常希望那些逗号能持续下去，赢得更多的时间。

可惜，音乐又回来了，并且带来了许多蜜蜂：疯狂地爱上音乐家的女孩。

一天，我把自己在语法方面的新发现告诉了托马斯，告诉他逗号对我来说意味着什么：两个歇斯底里的未婚妻在家里停止吵架的那段时间。

"我可怜的让娜！你不会是完全失望了吧？你满眼都是感情。学吉他吧！它会让你平静下来。"

我真想杀了他！幸亏，我没有跟他提起阿米塔夫。

第 8 章

亲爱的博纳旺图尔总统!

两年来,我一直把他当作我的客户。在他与可憎的内克罗尔竞争总统的选举中,我曾替他拟写了竞选提纲("岛就是我们的船。让我们一起向着自由航行……")和许多演讲稿(关于修建阴沟的必要性;关于给孕妇的风扇补贴;关于辣椒种植的改革;关于与美国的关系……)。

就是在那个时候,我学会使用和滥用双引号的,那些怪兽像括弧一样,来的时候总是成双成对。

Guillemets(双引号)。

这个迷人的名字来自它的创造者,一个叫Guillaume(纪尧姆)先生的人。他是个排字工,一个排版的男人(从事这一工种的大多是男的),排版就像谱曲。他负责选择字母的大小和形状,然后拼版。双引号很像是长音符,也像一半翻转过来的帽子。它们的作用往往是告诉读者:这是引言。它们很懂礼貌,所以向作者表示致敬。致敬不是要脱掉帽子吗?当引言结束时候,要再致敬一次,又脱一次帽子。举个例子:"国家,就是我。"这是路易十四国王说的。

当时,那位总统还只是个候选者,没有傲慢成这个样子。每次看到演讲稿,他都激动得发抖。引用历史名人的话让他心里踏实。他不断地问我要,要了又要。

所以我才无节制地使用纪尧姆先生的发明,在文章里大量使用引言。每句引言都根据规定,在前后加上引号:"幸福是一种新的思想"(圣茹斯特),"在我的帝国里,太阳永远不落"(维多利亚女王),"没有批评的自由,赞美就无价值"(博马舍)[①]。

选举以后,就再也不需要双引号了。总统只相信自己。

而且,我的客户博纳旺图尔一坐上总统的宝座就把我忘了。我一点都不感到惊奇,也不感到气愤。你代他们写过文章的人,如果可能,他们都想杀死你。他们太希望自己就是作者了!

可就在这时,总统想起了我的存在。

他的召见在街区引起了一场小小的动荡。

[①] 圣茹斯特(1767—1794),法国大革命雅各宾专政时期的领袖,由于他英俊而冷酷,故有"恐怖大天使"之称;博马舍(1732—1799),法国戏剧家,代表作有《塞维勒的理发师》和《费加罗的婚姻》。

由于我们没有电话,所以是塞尔热,也就是隔壁那个钟表匠来叫我的。他大声地叫道:

"让娜!总统找你!"

我历来小心谨慎,这下糟了。大家都从家里出来,想告诉我:让娜,利用这个机会提醒他,我们的工资已经4年没有涨了!让娜,问问他,我母亲为什么拿不到退休金了?让娜,你告诉他,我爱他,我每天都在为他祈祷!等等。

博纳旺图尔想尽快跟我说话。出于某个秘密原因。

"我要接见正式来访的塞内加尔总统。见完以后就见你。"

由于很紧急,也有可能是为了让我大吃一惊,或者是给我面子(迟到总比不来好……),他派了他的私人直升机来接我。

这就是我现在飞越我们群岛的蓝色海面上

空的原因。虽然我对它很熟悉，但当我看到一些长长的黑影在海里来来回回的时候，心里还是忍不住发抖：那是鲨鱼啊！

"我们快到了，"飞行员说，"风向很好，它在后面推着我们走。所以，小姐，我们提前了。您愿和我们再在空中散一会儿步吗？"

于是，我们没有直接飞往总统府，而是沿着大海的三重海岸线飞行：左边是绿色的（棕榈树），右边是蓝色的（大海），中间是黄色的（沙子）。那是我们国旗的三种颜色。

突然，就在我们越过小岛的北端，也就是朱丽叶海角之后，除了这三重线之外，又多了另一条，一条厚厚的黑线，就在黄线和蓝色之间。

我问飞行员那是什么东西。

"污染，小姐。又是那些混蛋油轮在这里排油！不过，您看，我们的拖船已经在工作了。

几个小时后,它就看不见了。"

我扭过头。这种污染与我在布列塔尼角看到的不一样。在那里,每当有运油的轮船驶过,也常会有污染发生。但眼前的这条线太直了,好像也没那么黏稠,跟我在别的地方看到的完全不一样。看不到一只鸟被这一可怕的"果酱"所困。奇怪啊……我不知道你们会如何,反正我越来越受不了人们给我们这个地球造成的伤害。如果我们不再小心一点,这个地球会变成什么样?如果地球上不能住人了,我们又将住在哪里?我已经决定:总统这方面的工作一结束,我就去海边弄个明白。

第 9 章

在总统府的大厅里,我加入了那一小群记者的队伍。塞内加尔总统要告别了。为了让摄影记者们拍摄,他一次又一次地跟他的同行博纳旺图尔握手。这个非洲国家元首有个特点,这在政客当中是非常罕见的:他写诗。更罕见的是,他的诗内容丰富、感情奔放、充满了自由……

当我在生活中感到太忧郁,当生活对我太苛酷的时候,我总

会大声地朗读他的诗,那时,我会觉得自己在跨洋出海、乘风破浪。

> 月亮困了,枕着平静的海床睡了
> 笑声平息,讲故事的人也在瞌睡
> 就像趴在母亲背上睡着的小孩
> 舞者脚步沉重,
> 交替合唱的歌者舌头变得笨拙。
>
> 这是星星与黑夜的时刻,夜在沉思
> 披着它乳白色的长巾
> 靠在这云雾缭绕的山冈。
> 小屋的屋顶闪耀着温柔的光芒。
> 它们对星星说着什么,如此隐秘?
> 屋里,灯已灭,尚余酸甜苦辣味。①

---

① 见莱奥波德·塞达尔·桑戈尔(1906—2001)的"西纳之夜"(《阴影之歌》)。桑戈尔,塞内加尔诗人、政治家、文化理论家,1960—1980年任塞内加尔首任总统,被广泛认为是20世纪最重要的非洲知识分子之一。

看到这位诗人总统突然向我走来,我怎么能不惊讶呢?

"您就是让娜小姐,对吗?我对您的工作很感兴趣。我本人也是个语法学家。您很快就会收到一些应该不会让您无动于衷的东西。"

当大家都转身看着我(那丫头是谁?)的时候,他微微地向我点点头,显得十分友好,然后上了汽车。

第 10 章

如果您对影子作家这一职业感兴趣,我给您一个建议:学会消失。

我们当中最糟糕的是那些过于喜欢荣耀的人。他们逢人就说:"那不是他写的,而是我,是我,是我写的。""那个演讲稿的作者不是总统,而是我!""作业得 19.5 分的不是罗贝尔。班里成绩最好的,是我,让娜,因为那些全都是我一个人写的,从头到尾。"

当然,总统或是您的随便哪个客户都会生气,因为大家都会嘲笑他:"啊,你自己不会写东西?"那时,客户会像疯子一样暴跳如雷,他被伤了自尊,受到了侮辱,再也不会给你新的生意机会了。

所以，任务一结束，我就会消失、蒸发。我放下了铅笔或钢笔，噗的一声，再也不见了！客户看到文章整整齐齐地摆放在他的桌上，可以把它当作是一个奇迹，全是他自己写的，没有任何人的帮助。这样，他当然就会喜欢我啦！

我知道应该消失。一个女孩，如果有个哥哥，生活会艰难得多：他只关心自己的外表。在略微存在（这是当妹妹的命运）和完全消失之间，空间很小，很容易越位。

那天晚上，我要大大地感谢自己消失的本领。因为总统，也就是我最喜欢的客户（我的意思是说，在金钱方面最重要的客户），是个脾气十分粗暴的人。

"让娜，谁让你在这个时候来的？真是不可思议！穿成这副样子！哦，我忘了！说到底，

我不是因为你漂亮才雇佣你的。好，干活吧！你能保守秘密吗？"

"这是职业的要求。"

"我希望你能如此。只要你稍不谨慎，我就让人把你关起来，让你见识见识监狱里老鼠的厉害。它们跟我一样，不喜欢说太多话的人。谁太多嘴，它们会等到他睡着，扑过去咬他的舌头。"

"它们不会有此必要。我听您说。"

"这是让你到这里来的原因。我在亚洲作正式巡访时……"

国家元首总是很爱虚荣，不管国家是大是小。我差点忍不住要笑出声来，但最好还是在心里偷笑吧！我是偷笑专家。我并不像我表面上看起来的那样严肃。如果有人杀死了我，解剖我，打开我的身体，他会看到里面藏满了笑，一大群谁也猜不到的笑。我们还是说回我的客户吧!

"你听清我说什么了吗?……我遇到了巴国王后。"

"祝贺您!"

"那个王后啊,我得说漂亮极了,而且是个成熟的女人。"

"那当然啦!"

这话脱口而出。我盯着总统的脸。没有反应。没有任何生气的迹象。他没听出我的讽刺意味,脸上笑开了花。

"为什么要自欺欺人呢?我并不丑,如果你在我年轻的时候认识我……我现在还很有魅力。我感觉到,甚至可以说我肯定……"

无疑,总统深深地坠入了情网。过多地使用省略号是爱情即将开始(或者不想结束,比如说我)的信号。我十分严肃地看着总统,我的意思是说,我把全身的严肃都集中在这道目

光上:

"巴国王后对您有好感？我并不感到奇怪。"

（永远必须恭维客户，这是经商的首要原则。）

"谢谢，让娜！你和我的顾问们全都不同，你懂我。情况比较棘手。我只统治一个小岛，而巴国拥有核武器。怎么才能让一个那么强大的国家的王后知道，有人欣赏她的魅力呢？"

"难，确实很难！"

我守口如瓶。我不想让耗子咬掉我的舌头。所以，关于这一跨国的爱情表白，你们将一无所知。

你们只需知道，信写完之后（这对我来说容易得很，因为阿米塔夫的印度与巴国相邻，我只需换位思考……），当那位国君问我要什么的时候，我低垂眼睛，红着脸（我可以按需

红脸,这本领可了不得),结结巴巴地说:

"我什么都不要。"

"怎么会什么都不要?"

"爱情故事我从来不收钱。"

这是经商的第二大原则:通过意想不到的优惠,甚至是完全免费来留住客户。

跨国情书一写完,我就消失了,只来得及看到一只鸟用喙敲打着玻璃窗。

也许,为了递送这样秘密的一封信件,总统深信邮局、电子邮件和外交邮包都不可靠?也许他选择了这一古老的好办法:信鸽使者?

那是他的事,与我无关。

我只需休息一段时间,然后再去关注我感兴趣的那种奇特的,十分奇特的污染。

第 11 章

我等到半夜,然后溜出房间。在王宫门口站岗的两个哨兵睡着了。我赤着脚,出了城。没有一个人,哪怕是失眠的狗也听不到我的脚步声。我迅速钻进棕榈树当中(我老是怕核桃会砸到我的头上)。幸运的是,没有一丝风。不一会儿,我还以为天亮了,便眯起眼,想看得清楚一点。光亮是从森林与大海之间那条长长的新月形沙滩上发出来的。海边空无一人,只有两台似乎在沉睡的大推土机。我不知道你们怎么样,反正比起动物来,我更怕机器。我总觉得,它会突然开过来,事先没有任何征兆,把我们压扁,或者吞噬。

我抚摸着那两个魔鬼的腰。

"乖,乖乖啊!"

我走到海水旁边,拧亮手电筒。我从直升机上看到的黑色线条还在那儿。好像是粥一样的东西。

我伸进一只手,马上就叫着缩了回来。

我认得出重油,我还以为会是黏糊糊、油腻腻、脏兮兮的东西,谁知碰到的是会蠕动、刺人和让人痒痒的东西。我深深地呼吸了一口气,大骂自己,骂自己胆小鬼、窝囊废。我不喜欢看到老鼠就吓得大喊大叫,或看到蜘蛛就会晕过去的女孩。她们就不怕难为情!男孩儿们已经很看不起我们了。我又把手伸进去,想设法抓住一点这些让人不安的物质。

慢慢地,慢慢地,我分开了手指,并用嘴咬住手电筒,弯下腰来。

我的手掌消失在一团黑色的活物下面,一团麋集在一起的东西,一些小动物。我差点要甩掉它们，逃之夭夭。但我坚持住了。太棒了，让娜！这是我害怕时的另一种本领。我鼓励自己，或者说，给自己壮胆，我请求勇气来到我身上。

我选择了其中的一头动物，最大的那头，用左手拇指和食指抓住，凑近手电筒。那动物四肢挣扎。设身处地，要是你，你也会这样！灯光可能照花了它的眼睛。终于，我看清了，不由得目瞪口呆。我看见了这所谓的昆虫。原来是一个单词："迷人"。这个单词看着我。我不知道单词有没有眼睛。如果有，我不知道长在什么地方：是在辅音的头上还是藏在元音的心中？但那个单词盯着我，就像一头动物，想跟你说话，而你又听不懂。

我放下了"迷人"，又伸进了两个手指。

另一个词出现了，惊讶地看着盯着它的目光："月桂树"。

我后退了一步。那条黑线沿着海滩一溜排

开,足有三公里长。我往前走。抓了5次,每次都抓到一些词,一些新的词:"粪便"、"拖车"、"犀牛"……多少词聚集在那儿才能形成一条这么长的线?也许有几百万个?它们是从哪儿来的?肯定是从海上。

我脱掉衣服。海水很温暖,粼光闪闪。水稍微一划就会变成星光闪烁的光束。我仿佛走在钻石当中。对于一个爱好调查、做事谨慎的女孩来说,这下就砸锅了!尽管天黑,我还是看见螃蟹在海底行走,龙䲁在藏匿,蛾螺在睡觉,扇贝在逃跑,但没有词语的任何痕迹。是不是它们白天不旅行?

终于,在水生植物的另一边(它们抚摸着我的大腿,有点让人觉得不好意思——不过很舒服),我似乎看见了什么东西:一团深颜色的东西,像是船的残骸。潮水退得更低了,我边游边走,接近了它。用手拨开银莲花

迷人

之后,我看到了船名"帕塞索"(Paraíso)和船籍港的名字"热那亚"①。我沿着已经锈坏的船壳前行。一条海藻从右舷的破舷窗里伸出来。至少我起初是这样认为的。我一把抓住它,但马上就发现自己犯了一个错误。跟刚才在沙滩上的感觉相同。这所谓的海藻其实是一行正要到岸边找同伴的文字。这么多文字怎么会聚集在这艘遇难的船只上呢?是谁把它们关在这里的?

当然,我想进入船中。我使尽全力,推了许多门,没有一扇推得开。我筋疲力尽,放弃了努力,但仍许诺"帕塞索"和它里面的文字:我会回来的。天亮以后,当我来到沙滩时,推土机已重新开始工作。司机从上面跳下来,一下子就把我抓住了。半个小时后,我被关进了监狱。

---

① 热那亚,意大利北部港口城市。

耗子没有机会来咬我的舌头。我大发雷霆，信誓旦旦地说，总统是我的朋友，他正在等我，如果我迟到，他会很生气的……人们准备把我送到总统府，但威胁我说，如果我撒谎，他们将让我吃大苦头。

第 12 章

"让娜！快点！你跑哪儿去了？"

"我……被抓了。"

"不可饶恕。我付了钱。哦，我还没付钱。不过我要你二十四小时随时待命。"

我差点要回答，但我忍住了，没有开口。对我来说，好奇心总能战胜愤怒。

"您有什么事要让我这么紧急过去，总统先生？"

"巴国王后……她不回我的信。"

"您能否确定她肯定收到我们的，我是说您的信了？"

"肯定收到了。王后不明白我的爱情究竟是

怎么回事。我知道:那是因为你写得太差了。必须重写。你的句子太复杂了。啊,你要知道我是多么不幸!太不幸了……"

这时,直到这时,他才匆匆地扫了我一眼,但这一眼,已经足以证明我的样子有多狼狈了:头发灰白,双手满是黑色的油污,牛仔裤也撕破了。

"你从哪来啊?"

"从你最喜欢的监狱里来。"

我把我的发现和被捕的事告诉了他。

"沙滩上有文字?"

起初,他不敢相信自己的耳朵。他打量着我,把我当作一个疯子,然后,眼睛里闪过一道光芒:

"文字……在沙滩上……那么说,是从海上来的?会吗?那么,可能有人骗了我……害人的家伙,坏家伙!"

他抓住电话,大声吼叫起来:"备车!"

不一会儿,我们的汽车就飞速行驶在路上了。总统大声地思考,或者说骂人,骂那些害人的家伙!啊,坏家伙!我本来应该纯洁我的行政部门的……如果确实如此,他们将付出代价!

我没有说话。影子作家的第三个原则:等待。让客户自己来回答你没有问他的问题。

到了沙滩,他马上朝推土机走去。司机们认出了官方的奔驰轿车,立即停止了手中的活儿。巨大的铁锹停在半空中,有点吓人,非常怪诞。工头是个红头发男人——他的头发和皮肤全都是红的,好像是被太阳晒的——他从推土机的机臂上跳下来,站得笔直。

我的客户,也就是总统,指着黑线,问他:

"给我看看!"

"您说什么,总统先生?"

"去抓一把,拿来给我看看!"

工头重新爬上推土机,浑身发抖地执行命令。推土机回来了,在总统面前垂下铲子。

总统没有检查多久,就咆哮起来:

"你把这叫作重油?你竟敢把它叫作重油?是谁雇用你的?"

卫队赶到了,迟来总比不来好,两辆人货车上坐满了士兵,他们抓住工头。

总统扭过头,沿着海边前往走,嘴里嘀咕着。我伸长耳朵。你们不会相信的。不能让任何人失望,哪怕是国家元首。他对文字说"对不起",是的,"对不起"。他以全岛人的名义,为它们所受到的这种遭遇表示道歉。我差点想拥抱他。他忘了巴国王后。

他转过身来。

"让娜,带我去看你的沉船。"

总统(或者是仙女)这一职业的好处,就

是能把梦想立即变成现实。权力的魔棒。你一希望什么，什么东西就来了。半个小时后，我们就登上了一艘潜水探测艇，它的地板是玻璃的。

我的总统客户一边检查海底，一边告诉我他自己的猜测：

"没有一个独裁者会喜欢书，让娜。因为书能帮助人们去梦想和思考，从而进行批评。独

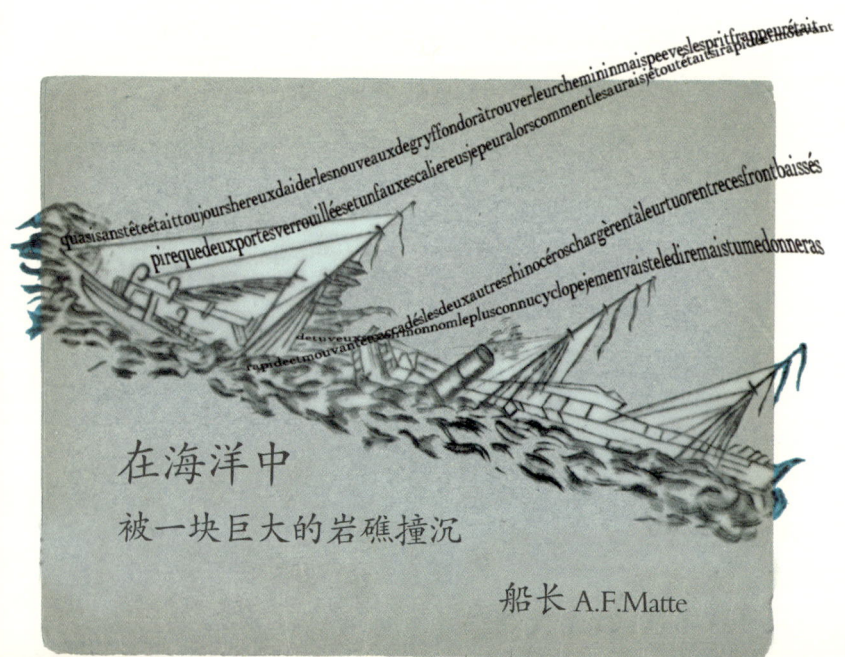

在海洋中
被一块巨大的岩礁撞沉

船长 A.F.Matte

裁者想，有什么必要去梦想呢，既然我创造的社会是最好的？有什么必要去思考呢，既然我替你们决定了一切？至于批评嘛，我是绝对不会接受的。"

内克罗尔，是一个干练的独裁者，他已让警察收缴了所有的书，并下令烧毁，包括图书馆里的书，那是一座真正的宝藏啊。但有的人，我敢肯定，他没有焚书，而是想把它们卖到国外去。大海却做了相反的决定，那些海域太可怕了，惊涛拍岸，装满书的船像很多别的船只一样，遇难了。

"就在这儿！"

大海涨潮了，但沉船看得清清楚楚，文字在继续逃跑。

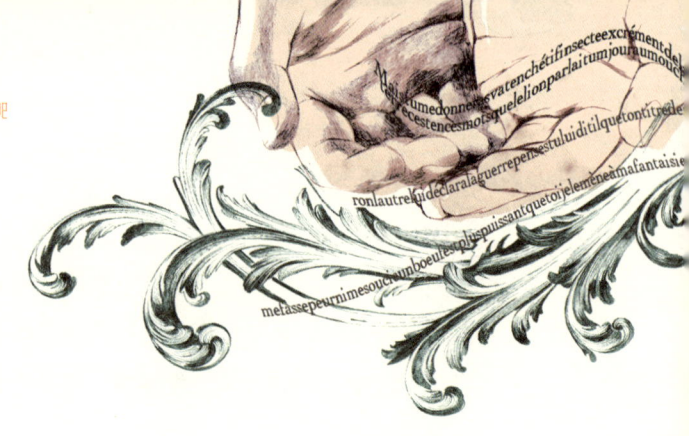

第 13 章

我们回到了沙滩上。这时,我听到有人在轻轻地叫着我的名字:

"让娜,让娜……"

我四下张望,叫声只能是来自那堆黑乎乎、黏兮兮的东西。

你想知道我最出名的名字独眼巨人我会告诉你的但你要把滚蛋你这龌龊的小飞虫一天狮子

我又伸出了手。

"别抓得太用力,让娜!"

"我喘不过气来了。"

"你捏死我了!"

我松开了拳头。

"谢谢,让娜!"

"现在,我们可以喘气了。"

"可是……你们是怎么知道我的名字的呢?"

"文字的王国很小,让娜。像你这样真正对我们感兴趣的人不是太多……"

"你爱我们,所以我们都认得你。"

"我们只认识爱我们的人。你不信吗,让娜?"

士兵和警察们都惊讶地看着我。这个跟自己的拳头说话的女孩是什么人呢?甚至连国家元首也为我担心了。

然而，我继续跟我的文字朋友们谈话，它们在我的掌心里乱蹦乱跳，请求我说：

"我们再也不能这样下去了，让娜！"

"我们忍受不了了！"

"把我们互相扯开吧！"

"快，让娜，动手啊！"

我和蔼地请求它们安静下来，让它们把情况告诉我。别同时说！文字在我掌心骚动得越来越厉害。我差点把它们全扔回到水里去：它们把我的皮肤抓得太厉害了，一直抓到了手中的生命线。接着，平静了一点。"狮子"这个词说话了。也许它是被选出来作为代表的。

"让娜，我们忍受了一切！我们被人从图书馆里拖出来，关进一艘船里，遇上了海难，淹没在海水里。我们当中的好多词已经被鱼吃掉了。还有一些，爬上了沙滩，被推土机的铲斗铲起来，扔到了卡车的车斗里，好像那是污秽的垃圾……还有更搞糟的呢,让娜!"

我把腰弯得更低,想把"狮子"这个词看得更清楚一些。我问它还有什么比它刚才告诉我的事情更可怕。

"拥挤,让娜!我们没有呼吸的空间,你看得很清楚,让娜,我们一个叠着一个,一个挨着一个,准确地说,是装在一起、镶在一起、像鱼鳞一样插在一起。你想知道细节,那我就告诉你,我的鼻子顶在我邻居的屁股上。你看,你看呀!如果是你,让娜,你能这样生活吗?别人到你房间里来你都不能忍受,哪怕是你亲爱的哥哥托马斯。"

犀牛也开始进攻了陆虎吉普被这两头低垂脑袋你想知道我最出名的名字独眼巨人我会告诉你的但你要把滚蛋你这龌龊的小飞虫一天狮子气势汹汹对牛虻这样说牛虻也不甘示弱

"还有更糟糕的,让娜!海水把我们都冲乱了,让我们全都混在了一起。"

"你能……说得更清楚一些吗?"

"在船上,甚至在发生海难的时候,我们都还是在书里面的,每个字都在自己的故事里。比如说我,狮子,我在约瑟夫·凯塞尔①讲述的一个历险故事中散步。"

"到这里为止,我都听懂了。"

"船沉到海底的时候,船尾解体了,海水涌进来,一切都被破坏了。无论是装书的箱子,还是装我们的书籍,没有什么能抵挡得住。海水把书页都冲散了,你明白吗?"

"我开始……"

"我们被冲撞、搅动、混淆,胡乱地混合在一起……我们成了一锅粥,就是你看到的这

---

① 约瑟夫·凯塞尔(1898 — 1979),法国记者和小说家,主要作品有《狮子》等。

锅粥。让娜，如果你非常喜欢文字——你应该喜欢它们的，因为，永远别忘了，我们养活了你——如果你喜欢我，请尽量帮忙，好好分拣一下，哪怕会让我们感到很痛，让我们都回到各自的故事当中去。文字离开了故事，就像鱼儿离开了大海。帮帮我，让娜，帮帮我。我想回到我故事中的非洲！"

我感觉到"狮子"和最靠近它的那些词"巫师"、"解除烦闷"都忧伤地看着我。

"你们是否知道自己是从什么故事中被弄出来的？如果你们知道书名，这会对我有帮助……有点帮助。"

"你想怎么样呢？我是狮子，好在有个坚硬的脑袋，记性不错，但除了我，别的所有的词都忘了自己是从哪个故事里来的。大家都说你读了很多书，你来证明一下这是不是事实吧!"

"好吧,待在那儿别动!我有个办法,可以把你们理清楚。我得回家一趟,然后回来。"

"可别回去得太久啊!"

"不会的,我发誓!"

正如你们所猜到的那样,我其实还没有任何主意。但我将动员我可怜的大脑中的所有资源,努力想出一个办法来。那些文字说得对:我欠它们太多。不能抛弃它们,不能看着它们遭受悲惨的,如此悲惨的命运。

第 14 章

回到家里,我发现托马斯十分激动:

"告诉我,你跟国家元首们搞什么勾当?你还会屈尊跟一个像我这样卑贱的小乐手说话吗?"

"什么意思?"

让娜小姐:

我们的语言不仅仅是一种互相交流和理解的工具。

"一艘快艇送来了塞内加尔总统给你的一封信!"

这次,我哥哥破天荒尊重了我的隐私:他克制住自己强烈的好奇心,没有拆开我的信件。但当他知道厚信封里面的内容时,还是忍不住嘲笑我。应该说,这并不是最性感的:

"好了,我的女孩儿!这是私人信件!我还

> 塞内加尔共和国
>
> 政府办公室
>
>
>
> 关于在行政文件中使
> 用大写字母的规定

是让你自己安安静静地读这些情话吧!"

他走开了,那副嘲讽的样子前所未有。这下可轻松了!那个大人物对我感兴趣,让我十分激动。我读着报告,心怦怦直跳。我从来没有见过官方文件。我好像觉得自己进入了行政机关的幕后。

1975年10月10日,75-1027号法令
关于在行政文件中使用大写字母的规定

根据宪法,尤其是第37条和第65条;

根据高级法院1975年7月18日星期五会议上通过的决议;

在国家教育部的支持下,

共和国总统

颁发以下法令：

第一条

在各类行政文件中使用大写字母应根据以下规定：……

我就不详细说了。接着往下读。

第二条　形容词

当形容词与专有名词结合组成一个新词时，首字母大写，如 les États-Unis（美国）、le Cap-Vert（佛得角）、la Comédie-Française（法兰西剧院）、le Saint-Père（圣父）等。

我继续往下翻，目光落在精彩的第 6 条上：

第六条　节日

节日的名字首字母大写：

Premier Mai （五一节）

Lundi de Pâques （周一复活节）

Jeudi de l'Ascension （周四耶稣升天节）

Lundi de la Pentecôte （周一五旬节）

Journée du Maouloud （圣纪节）

Journée de la Korité （开斋节）

Journée de la Tabaski （宰牲节）

后面这几个都是什么节日？

我得打听一下。

我一直都渴望知道世界上的所有节日。

要了解一个民族的秘密，最好的办法就是知道他们庆祝什么。

这是另一个总统通报，1980年7月17日1596号文，关于使用逗号的规定。

正如我常在部长会议上说的那样，负责介绍法规或规章的政府成员常常不遵守法语中使用逗号的规定。本通知的目的在于提醒大家就下列几点遵守一些基本规则。秘书处编撰的使用手册即将由国家总检察局发行。

合上这些文件汇编时,我惊讶得合不拢嘴,对塞内加尔这个国家充满了敬意,其最高当局竟然对语法如此重视。但我还是有些疑问:为什么要有那么多规则?难道不能让人们更自由地使用自己的语言?

除了这些文件之外,还有一封信,它回答了我刚刚问自己的这个问题。

让娜小姐:

我们的语言不仅仅是一种互相交流和理解的工具,而是我们大家都应该分享的一种财富,不管是大人还是小孩,弱者还是强者。这是把我们团结在一起的纽带,是我们"共同的事务"(拉丁语叫作respublica,即"共和")。

所以,应该时刻关心我们的民族语言,就像关心自己的家人一样。

希望你阅读愉快,亲爱的让娜小姐,并请允许我向您提出请求:

您愿意参加我刚刚创办的国际联合会吗?创办该会的目的是保护分号。

亲爱而宝贵的分号!你知道,它表示的是同一个句子另一个部分的开始。换言之,你到处旅行,见识广,你不难明白:去另一个地区开发而又不离开本地区。正如雅克·德里翁①所写的那样:"分号是把几部分连接起来而不是分开。"

可惜,这个符号消失了!我们的同胞使用和滥用逗号和句号,而我们往往要用的,是它们的结合体——分号。

---

① 雅克·德里翁(1954—),法国记者、作家。

我们要求联合国教科文组织把分号列入濒危物种名单，就像大熊猫、大白鲨、葵花凤头鹦鹉和叶尾壁虎一样。你愿意参加我们的联合会吗？

诚挚的问候

塞内加尔共和国总统

莱奥德·塞达尔·桑戈尔

我马上就给总统回了信：让娜愿意参加他的联合会。太愿意了！

言归正传吧！我们继续谈我的那些可怜的朋友——被困在沙滩上的文字。

怎样才能让它们摆脱那种艰难的处境呢？

第 15 章

我一夜未眠。

怎样才能把文字一一松开?

怎样才能理清它们的故事?

沉船的样子(以及里面的书籍)来来回回在我眼前浮现。

我从音乐中寻找帮助。我把亨利先生的旧唱片搁在留声机上。

于是,我在早上有了计策。

对于推土机,我一点都不担心。在一段时间里,它们会乖乖地听话,不会再来为难我的文字朋友们。在离开沙滩前,我悄悄地往它们的油箱里塞了几块糖。我告诉你一个秘诀:要破坏发动机,没有比这更好的办法了!

※
※ ※

可爱的"货轮",我们的酒吧兼舞厅扩大了。在一个旧船厂里,老板达里奥,也就是督学雅戈诺小姐过去的未婚夫,想出了一个好主意,建造一个国际节奏博物馆,把能找到的大

鼓小鼓、打击乐器、钹、木琴统统收集起来，放到那里……每个月的最后一个星期六，邀请岛上的乐手以及附近其他大岛（古巴、圣卢西亚、牙买加）的乐手到这儿来。音乐会让整个地区都热闹起来。如果顺风，在纽约都能听到欢庆的声音。

"欢迎，小姐，你今天太漂亮了！"

"达里奥，别虚情假意了！"

"这怎么可能，让娜？我是真心的！好了，说说吧，你现在成了什么人？"

"得了，达里奥，时间紧迫。我需要你。"

"你知道得很清楚，为了我的朋友让娜，我随时待命。"

不到 10 分钟，我就把情况跟他说清楚了。10 个小时以后，他就组织了一场音乐会：十几个乐手，一个个都还头发蓬乱，打着哈欠，因为都是从午睡中被拉起来的。我们肩并肩出发了：木船上，乐器把所有的位置都占了。

我们很快就到了那个海滩，我向达里奥指着那堆"污染物"：

quasisanstêteétaittoujoursheureuxdaiderlesnou
veauxdegryffondoràtrouverleurcheminmaispeev
eslespritfrappeurétaitpirequedeuxportesverrou
illéesetunfauxescaliereusjepeuralorscommentlesaur
aisjetoutétaitsirapideetmouvantetsaccadélesde
uxautresrhinocéroschargèrentàleurtourentrece

国际节奏
博物馆

sfrontsbaissésdetuveuxsavoirmonnomlepluscon nucycl
opejemenvaisteledire maistumedonnerasvatenchétifinse
cteexcrémentdelaterrecestencesmotsquelelionparlaitunj
ouraumoucheronlautreluidéclaralaguerrepensestului diti
lquetontitrederoimefassepeurnimesoucieunbœufestplus
puissantquetoijelemèneàmafantaisieàpeineilachevaitces
motsqueluimêmeilsonnalachargeencoreunearcheuneaut
reécluseunautrepontloinplusloinilappelaitversluitoutesl
espénichesdufleuvetoutesetlavilleentièreetleciel

（差点没头的人总是乐于帮助格兰芬多的新同学寻找道路但皮皮鬼一心想打人比两扇锈了的门和一座假楼梯还要坏我那时害怕了吗我怎么能知道一切都发生得那么快在动在蹦跳另两头犀牛也开始进攻了陆虎吉普被这两头低垂脑袋的可怕野兽夹在中间你想知道我最出名的名字独眼巨人我会告诉你的但你要把说过的礼物给我我的名字叫无人是的我父母和我所有的朋友都把我叫作无人滚蛋你

这龌龊的小飞虫一天狮子气势汹汹对牛虻这样说牛虻也不甘示弱你以为你是百兽之王我就会怕你躲你公牛比你强壮得多也任由我摆布远处拖车在鸣笛它的叫声越过了那座桥）

"你能肯定这是文字吗？"

这次，我小心翼翼，尽量不伤害任何词语。我把手伸进那堆黑色的污泥当中，捞出一团来给大家看：

你想知道我最出名的名字独眼巨人我会告诉你的但你要把滚蛋你这龌龊的小飞虫一天狮子气势汹汹对牛虻这样说牛虻也不甘示弱你以为你是百兽之王我就会怕你躲你公牛比你强壮得多也任由我摆布

"好吧，是文字。那你现在打算让我们怎么办？"

"演奏！演奏得让它们分开！演奏得让它们回到原先的故事里！"

"说得清楚点，让娜！乐手们也许并不都是知识分子，但他们都想知道是怎么回事。"

"每本书都有自己的故事，达里奥，这大家都知道，包括文盲。但每本书也有自己的节奏和自己的呼吸方式，或快或慢，或断断续续，或抑扬顿挫，或很有规律……节奏没故事那么多，故事简直是数不胜数。有的书只有两种时态，有的有三四种……有的书是华尔兹节奏，有的是探戈节奏……"

我的希望是：文字已经被驱离故事，我们现在要把每个故事的节奏找出来。这样，我们就有可能让每个文字回到自己的故事当中去了。

第 16 章

乐手从赤道附近的音乐开始,因为他们对这些音乐节奏比较熟悉:巴萨诺瓦、萨尔萨、卡里普索①……鉴于文字一点都没有动起来,他们便扩大了历险范围,演奏其他节奏的音乐了:波尔卡、加沃特舞、狐步舞、萨尔那舞。

第一天就这样过去了。没有成功。

文字当中没有任何反应,纠缠在一起的黑色字母一点都没有动。海鸥在讥笑。国家元首也同样。晚上,他坐着他的大轿车来检查我们

---

① 巴萨诺瓦是一种融合巴西森巴舞曲和美国酷派爵士的"新派爵士乐;萨尔萨是一种拉丁风格的舞蹈;卡里普索是特立尼达岛上土人即兴演唱的歌曲。

的工作进展。

"我清楚地告诉过你,你要求建节奏博物馆的呼吁是愚蠢的!"

我低垂着头,声音也柔软下来。我知道,这通常是会打动对方的:

"求您了,总统先生,再给我一点时间!"

"一天,让娜。不能再多。一天之后,推土机将把那团污泥搬走。对不起你的那些文字朋友了!我不是内克罗尔,你知道我像你一样热爱它们,尊重它们。但旅游是岛上的主要经济来源。是文字还是重油,我们的访客才不管呢!他们只要干净的海滩!"

总统的大轿车走了,黑夜里一个长长的白色物体。

达里奥什么都听见了。从早上开始,从我们不断失败开始,他的笑容就越来越灿烂。恶兆。我早就知道,我知道他的秘密,他的所有面具。达里奥属于这样的人：他们觉得把自己的悲伤表现出来是不礼貌的，所以一悲伤就露出微笑。只要对他们稍微有点了解，就能根据他们微笑的程度判断出他们有多悲伤。

不用说，我又睡不着了。为了能及时预报敌人的进攻，我决定不离开沙滩。现实还是噩梦？文字们排成细细的长队，就像蚂蚁那样，通过我的耳朵和鼻孔，进入了我的大脑，不耐烦地低声抱怨：

"喂，还来吗？"

"你的那些乐手，全是些废物！"

第二天的17点22分，人们的情绪第一次开始激动。

乐手们已经开始失望，他们觉得能演奏的都演奏了。达里奥继续发疯似的在他的资料库，也就是他随身带来的一个宝贝盒里寻找。

他晃动着一本很老的五线谱，不敢相信自

己的眼睛。

"这团破布是什么玩意儿?"

"这不是破布,而是羊皮纸。羊皮纸是我们现在所用纸张的祖先。"

"哦。这张羊……羊皮纸上写着乐谱。"

"一个茨冈人①卖给我的,很贵。"

"你又被骗了,达里奥,像往常一样。"

"我敢说,恰恰相反。可我一直怕演奏它。"

"为什么?"

达里奥压低声音,好像耻于说出口:

"这是……巫师大会的音乐。"

听到这话,大家都大笑起来。

"胡说!知道是什么时候的乐谱吗?"

"也许是公元前的吧!"

"为什么不是洞穴人时期的呢?"

---

① 茨冈人,又称吉卜赛人,一个热情、奔放、终年流浪、不愿受拘束的民族。

乐队抗议了,已经有两个打击乐手在收拾自己的鼓了。达里奥(谢谢,谢谢他)需要采取计谋并且态度相当坚决才能劝住他们。

"说实话吧!这是因为你们害怕,怕魔法。一群胆小鬼!"

面对这样的挑战,乐手们别无选择了。羊皮纸在大家手中传递。赞歌开始了。

这时,奇迹发生了!刚刚演奏了几个音符,一部分文字就苏醒过来。只见它们站起来,互相分开,朝乐队走来,到了跟前才停住,好像是来听音乐会的观众。

达里奥把我叫过去。

étaittoujoursheureuxdaiderlesnouveauxdegry
erleurcheminmaispeeveslespritfrappeur
ue deux portes verrouillées et un faux escalier
t les nouveaux de morceaux de craie tirait
ous leurs pieds, renversait des corbeilles à papier
l se glissait silencieusement derrière eux et leur
z en hurlant: « JE T'AI EU! » d'une voix perçante.

"让娜,该你了!试着辨认一下它们的故事。"

我蹲下来,想看得更清楚:

quasisanstêteétaittoujoursheureuxdaiderlesnouveauxdegryffondoràtrouverleurcheminmaispeeveslespritfrappeurétaitpirequedeuxportesverrouilléesetunfauxescalierilbombardaitlesnouveauxdemorceauxdecraietiraitlestapissousleurspiedsrenversaitdescorbeillesàpapiersurleurtêteouseglissaitsilencieusementderrièreeuxetleurattrapaitlenezenhurlantjetaieudunevoixperçante

这一系列紧密相连的东西让我们也变老了! 2500年前,希腊人就是这样写东西的,字与字之间不分开。他们怎么弄得清楚,怎么能从这接连不断的文字流中把句子分辨出来呢?我惊讶地得知,在欧洲,直到公元800年前后，查理大帝统治时期①，文字间才出现空间，也就是空白。那些空白就是最早的标点符号。

突然，我脑子里灵光一闪。

"这是'魔法学校'！"

我忍不住大叫起来：

"《哈利·波特》？"

乐手们一下子都停下来了，有的吓得要死（这确实是魔法师之歌）；有的非常高兴（竟然在这里，在这个偏僻的小岛上，找到了那个戴着尖帽子的著名小男孩）。

我请求他们继续演奏：

"为了让词语分开，请再努力一把。"

他们重新演奏起那首曲子，特别注意节奏。结果，新的奇迹出现了，词语一个个都互

---

① 查理大帝（742—814），法兰克王国加洛林王朝国王，公元800年由教皇利奥三世加冕于罗马，他建立了那囊括西欧大部分地区的庞大帝国，被后世尊称为"欧洲之父"。

相分开了。

Quasi Sans Tête était toujours heureux d'aiderles nouveaux de Gryffondor à trouver leur cheminmais Peeves l'esprit frappeur était pire que deuxportes verrouillées et un faux escalier il bombardaitles nouveaux de morceaux de craie tirait les tapissous leurs pieds renversait des corbeilles à papiersur leur tête ou se glissait silencieusement derrièreeux et leur attrapait le nez en hurlant JE T AI EU d'une voix perçante

这与我猜测的《哈利·波特》完全相符，我骄傲极了，竟然没有听到词语们的抗议。一个乐手不得不把我拽回到地面。

"小姐，小姐！很抱歉打搅您，但我觉得您的朋友们好像想跟您说话。"

我对它们弯下腰：

"还想干什么？你们还不满足吗？"

"你什么都没有发现吗,让娜?"

"你没有意识到我们缺少了什么?"

这时,直到这时(真是不好意思),我才发现缺少标点符号。

"它们消失在什么地方了呢?"

我被告知它们被鱼吃掉了。

"你知道,它们太小了!我们当中也有单词遭受同样悲惨的命运:a、à、y,最短小的那些单词……"

如果想在这个野蛮的世界上生存,个子还是大点好。

"别动!我马上回来。"

我跑回了城里。你们可能已经发现,对词语的爱会让你顾不上休息。

第 17 章

人们告诉了我加拉蒙印刷厂的地址。那是岛上唯一的印刷厂，靠近体育场的看台。厂长马图西埃先生热情地欢迎我。印刷商和作家，哪怕是影子作家，都是一家人。

他跟我谈起了一个叫作塞巴斯蒂安·特拉维西埃的车间主任。塞巴斯蒂安当了30年的排版工人，直到退休。当印刷厂现代化时——我是说当厂里安装了电脑，旧的工作方式全被淘汰时——人们差点把铅字也熔化掉，用来做水管。以前，人们先用字母组成单词，然后把单词排满一页……可以想象，那种办法是多么缓慢。

标点符号的命运一定是最悲惨的。一辆卡车正准备把它们装上车,不知怎么得到消息的特拉维西埃突然出现了:

"停!"

就像诺亚把差点淹死的动物从洪水中救了出来,他也从火中救出几套字母和标点符号,带回家中,让这些铅字跟他一起生活,就像有人养猫养狗一样。

当我提出要他帮忙时,他拍打着双手:

"我早就想让它们派上用场了!"

他喜滋滋地把他收藏的铅字都拿了出来,我告诉他,眼下,我只对标点符号感兴趣。

但可以允诺那些老字母,很快就会轮到它们出来散步的。

于是我们出发了,一路匆匆。

我和特拉维西埃扛着一个装满标点符号的袋子,因为铅字重得能压死一头驴。

回到沙滩时,好像有个人跑过来迎接我。

是我的哥哥托马斯。他在纽约的一家爵士俱乐部当乐手,听到了我历险的消息。

他马上就带着吉他,跳上飞机来支援我。这证明,有个兄弟并非永远不好,总会有意外的惊喜。

词语们已经等得不耐烦了。那些小动物就是急,你们知道,它们就像被宠坏的孩子,让人难以忍受。

"你终于回来了!"

"还说很快!"

"晚成这样,真是不可思议!你在城里喝醉了酒还是怎么的?"

等等。

真想扇它们,但我忍住了。我们马上就开始干起来,每当特拉维西埃先生叫到一个标点符号,我便在口袋里寻找,然后递给他,他就把它放在合适的地方。

"给我两个连接符。谢谢。"正如它的名字所示的那样，它表示连接，跟表示分离的空白不一样。这就来了：Quasi-Sans-Tête。我们的人物完整了。现在，让娜，再给我一个省文撇。怎么？你不知道省文撇是什么样的？一个在空中飘浮的小逗号。它表示此处有个字母省略了，就像被截肢一样。你看，这里没有写成 le esprit frappeur，而是写作 l'esprit frappeur（惊人的智慧）。这样念起来更温柔，不是吗？我还需要一个省文撇。你看，我把它放在 T 和 AI 之间，以便提醒大家，这里省掉了一个 e。"

"我不相信《哈利·波特》有这么复杂。"

"恰恰相反！这些符号发明出来是为了阅读方便。你已经看到了，如果所有的字都挤在一起会有多难受。"

"你说得对。"

"我当然有道理。你看："

Quasi-Sans-Tête était toujours heureux d'aider les nouveaux de Gryffondor à trouver leur chemin, mais Peeves, l'esprit frappeur, était pire quedeux portes verrouillées et un faux escalier ; il bom-bardait les nouveaux de morceaux de craie, tiraitles tapis sous leurs pieds, renversait des corbeillesà papier sur leur tête ou se glissait silencieusementderrière eux et leur attrapait le nez en hurlant :« JE T'AI EU ! » d'une voix perçante.

（差点没头的人总是乐于帮助格兰芬多的新同学寻找道路，但聪明过头的皮皮鬼比两扇锈了的门和一座假楼梯还要坏。他用粉笔头来袭击新同学，抽掉他们底脚下的地毯，掀掉他们头上的纸高帽，或悄悄地躲到他们身后，抓住他们的鼻子，尖声大喊："我抓住你了！"）

"这样好多了，不是吗？我们只要继续下去

就行了。"

"在这个点?你们肯定吗?"

老排版工已经忘了自己的岁数,他产生了巨大的热情,没有理睬乐手们的恳求。

"先生,行行好,我的手指累了。"

"先生,我们要投诉你虐待我们。"

"骚扰。"

"折磨。"

"干活,干活,你们这些胆小鬼!继续!这些弱不禁风的家伙是谁给我的?把沙滩清理干净后才能停下来。只要还有一个字没有找到归宿,我们就不能休息。"

达里奥已经有好一阵没有说话了。他在小盒子里找些什么,然后挥动着一块小木片:

"这是来自非洲的音乐,让我们试试。"

正如《哈利·波特》的情况一样,刚演奏了几段,一部分词语就动了起来,纷纷来到乐手们身边。

我那时害怕了吗我怎么能知道一切都发生得那么快在动在蹦跳另两头犀牛也开始进攻了陆虎吉普被这两头低垂脑袋的可怕野兽夹在中间只得侧身后退打转硬冲一旦马达熄火或操作失误我们便会被锋利的牛角穿透胸膛刺破肚子活活地戳死

这回，找到办法的不是我，而是岛上的一个孩子。他正和同伴们一起兴致勃勃地看我们在滑稽地进行挑选。

"狮子！"

"你说什么？"

"约——瑟夫——凯——塞尔先生的《狮子》。我们在学校里读过。我认出了犀——牛。"

大家都笑起来，乐队继续演奏，词语又一一分开了：

我那时害怕了吗 我怎么能知道 一切都发生得那么快 在动 在蹦跳 另两头犀牛也开始进攻了 陆虎吉普被这两头低垂脑袋的可怕野兽夹在中间 只得侧身后退 打转 硬冲 一旦马达熄火 或操作失误 我们便会被锋利的牛角穿透胸膛 刺破肚子 活活地戳死

特拉维西埃先生又开始工作了。

我那时害怕了吗？我怎么能知道？一切都发生得那么快，在动，在蹦跳。另两头犀牛也开始进攻了。陆虎吉普被这两头低垂脑袋的可怕野兽夹在中间，只得侧身后退，打转，硬冲。一旦马达熄火，或操作失误，我们便会被锋利的牛角穿透胸膛、刺破肚子，活活地戳死。

一个推土机手注意到，每个句子开头的大

写字母其实也是标点符号:"我觉得——让娜小姐,如果我说错了请原谅——我觉得它有助于看清段落。"我踮起脚尖拥抱他,回到地上后又对他聪明的发现表示敬意。我想,我看到他脸红了。

黑暗退去,一轮圆月慢慢地升了起来。
在月光的照耀下,我们又成功地找出了两个故事,其中一个讲述一个十分古老的历险故事,请你们猜猜它的书名和主人公的名字(一个最最狡猾的人)。

你想知道我最出名的名字独眼巨人我会告诉你的但你要把说过的礼物给我我的名字叫无人是的我父母和我所有的朋友都把我叫作无人

另一个故事,我看了三个字就猜出来了。我太熟悉了。它让我想起了我亲爱的、最最亲爱的老师罗兰小姐。

　　滚蛋你这龌龊的小飞虫一天狮子气势汹汹对牛虻这样说牛虻也不甘示弱你以为你是百兽之王我就会怕你躲你公牛比你强壮得多也任由我摆布说完它就嗡嗡叫着发起了进攻勇敢得堪称英雄它首先四处出击然后瞅准时机叮咬狮子的脖子狮子简直发了疯四肢乱舞眼冒金星口吐白沫厉声咆哮百兽们吓得发抖纷纷躲避这一全民恐慌作俑者就是牛虻这飞虫到处袭扰狮子一下子脊背一下子口鼻甚至钻到鼻孔里面狮子怒不可遏敌人得胜了行无踪去无影看到狮子愤怒地抓咬自身弄得浑身血肉模糊不禁大笑可怜的狮子自我伤残尾巴甩得啪啪地响却打不到那只牛虻它狂怒得累了精疲力竭得胜的牛虻光荣而退刚才击鼓宣战现在鸣锣收兵一路上它到处张扬不料撞进一个蛛网就此送了小命从中可得出什么教训我看有二一是敌人万千最可怕的也往

往最为脆弱二是能战胜巨大的危险不一定能躲过小小的陷阱

要在这如此密集的字块中理清头绪,需要大量的空白和标点。

特拉维西埃先生兴奋得满脸发光。"加快速度,让娜!来一个惊叹号!现在,来几个引号。天哪,这太有趣了!真的太有趣了!"

"滚蛋,你这龌龊的小飞虫!"
一天,狮子气势汹汹,
对牛虻这样说。
牛虻也不甘示弱。
"你以为,你是百兽之王
我就会怕你躲你?
公牛比你强壮得多,
也任由我摆布。"
说完,它就嗡嗡叫着,

发起了进攻,

勇敢得堪称英雄。

它首先四处出击;

然后瞅准时机

叮咬狮子的脖子。

狮子简直发了疯,

四肢乱舞,眼冒金星;

口吐白沫,厉声咆哮;

百兽们吓得发抖,纷纷躲避;

这一全民恐慌

作俑者就是牛虻。

这飞虫到处袭扰狮子,

一下子脊背,一下子口鼻,

甚至钻到鼻孔里面。

狮子怒不可遏。敌人

得胜了,行无踪去无影,

看到狮子愤怒地抓咬自身

弄得浑身血肉模糊,不禁大笑。

可怜的狮子自我伤残,

尾巴甩得啪啪地响,

却打不到那只牛虻。

它狂怒得累了,精疲力竭。

得胜的牛虻光荣而退;刚才

击鼓宣战,现在鸣锣收兵,

一路上,它到处张扬,

不料撞进一个蛛网:

就此送了小命。

从中可得出什么教训?

我看有二:一是敌人万千,

最可怕的也往往最为脆弱;

二是能战胜巨大的危险,

不一定能躲过小小的陷阱。

达里奥走了过来。

"你们数过有多少个分号吗?至少有5个!

你们不觉得你们的拉封丹①有些夸张吗?"特拉维西埃先生用十分蔑视的目光盯着他:"人们现在几乎都已经不用分号了。他们错了!分号给句子以节奏却又不切断它,而是唤醒它、重新推动它。"

"既然如此……那我就好好回忆回忆吧!"

乐手服输了。鼓手机械地敲起了他们的鼓,小提琴手拉起了琴,鼻子贴着琴弦,脚步蹒跚。至于托马斯,他已经睡着了,头靠在吉他上。旅途太劳累了。他抓住一个很年轻的女小号手的手,那女孩也昏昏欲睡。我的哥哥啊,他怎么还有时间去追女孩?他们两人的脸上都露着微笑。我们快接近尾声了:沙滩上只剩下几个词了。

---

① 拉封丹(1621—1695),法国寓言诗人,其《寓言诗》与《伊索寓言》和《克雷洛夫寓言》并称为世界三大寓言。

deloinleremorqueurasiffllésonappelapasséleponten
coreunearcheuneautrelécluseunautrepontloinplusloinila
ppelaitversluitouteslespénichesdufleuvetoutesetlavil
leentièreetlecieletlacampagneetnoustoutquilemmen
aitlaseineaussitoutquonnenparleplus

我认出了一个"游"字，某作家在黑夜尽头漫游，他取了一个女孩的名字：塞利纳①。

厌倦而跳跃的节奏适合他的故事。词语和平地分开了，没有表示抗议。

远处，拖车在鸣笛，它的叫声越过了那座桥……

特拉维西埃先生直起他差点累断的腰。

---

① 塞利纳（1894—1961），法国小说家，代表作有《长夜尽头的漫游》。

"好了,终于干完了!"

他说话说得大声了点。

有点太尖利,有点太庄严。两三只海鸥在冷笑,这是它们的习惯了。

我们呢,我们是鼓掌。

他走了,没有提出要求,表情严肃,嘴里哼着类似"那种东西很重要"和"我不在乎青春"这样的句子。

他的身影变得越来越小,越来越小,直到沙滩的尽头,直到消失。

尾 声

《狮子》《哈利·波特》《奥德赛》《长夜尽头漫游》……

现在呢?

我清楚地知道,我跟标点符号情深意长。只要我活着,也就是只要我写故事,我就会与标点符号共同战斗,我会尽量正确地把逗号安排在文中,还有句号,分号。还记得不要忘记我之前没有太当心的连接符、中括弧和波浪符。

这时,我听到有个声音在轻轻地跟我说话。它来自很深的地方,来自我肚子当中,来自心中,来自丹田。

"让娜,你自己也有一个故事。该讲讲你自己的秘密故事了。"

我脸红了,每次有人跟我说话我都这样,哪怕他们跟我说的是别人的事。

我还记得,那是一个晚上,我们取得胜利的那天晚上。大家都在给我祝贺。

首先是国家元首。我让他刮目相看了。否则,他怎么会用"您"来称呼我呢?

"太好了,我的小让娜,看得出,您比任何人都懂词语。我不会再放过您的。准备一下,替我起草12月31日的讲话稿,也就是祝愿词。报酬嘛,不会让您失望的!"

达里奥说:

"你知道,亨利先生去世之前对我说了些什么吗?'这段时间,我感到自己有点虚弱。但一旦身体恢复,我就请让娜给我写首歌。那女孩天生是写歌词的。'"

我哥哥托马斯也屈尊向他妹妹祝贺了：

"我从来没想到你有这么聪明。你现身说法，证明了音乐可以改善最让人失望的情况。你不再需要我了？那我回纽约去了。"

不过，最感激我、最爱我的还是那些词语，我的词语朋友们。

"让娜，我们永远都不会忘记你为我们所做的一切，永远，永远。万一你需要我们，喊就是了！我们立即就到，哪怕是我们当中最稀罕的，在词典里找不到的。而且，我们还要答应你，让娜，我们向你发誓，再也不惹你生气了。我们再也不在语言上跟你玩文字游戏了。你知道，让娜，有时，一个词好像远在天边，其实近在眼前。结束了，那些语言陷阱！现在，我们成了真正的盟友，让娜！生死与共！

从现在开始,你一想到哪个词,哪个词就会蹦到你眼前。"

听到这话,我笑了。我心知肚明,它们是不会信守诺言的。考验作家的耐心,这是词的天性。

可它们今天晚上是多么可爱啊!它们抚摸着我的手,在我的脸颊上散步,不愿意让我走。

一队潜水员已经从残船中把书都找了出来。我们把它们一本一本排在沙滩上。不一会儿,太阳就把它们晒干了。词要回到自己的家里去了。它们感到很不高兴,这样说还是轻的。这可以理解嘛:总要在同一个句子当中度过余生,总是待在同一个故事当中的同一个地方,总是栖息在同一本书中。一想到这些,当然就高兴不起来。

词语们尽管待在沙滩上很不舒服,但由此

产生了对自由的巨大愿望,就像星期天晚上,中学生要回寄宿学校时那样。

"精彩"和"犀牛"进行了反抗:

"给我们一点课间休息时间!"

"这是我们应该有的。"

"求你了!过一个小时再让我们回监狱吧!"

"让娜,你说过的,标点符号给句子以节奏。我们来证明一下。"

这时,"拖车"产生了一个念头:

"老是讲故事烦死了!只会讲故事!我们来跳舞如何?"

谁也没想到,这样的建议竟会出自"犀牛"这个词。它让人想起的往往是力量和威力,而不是漂亮而轻盈的舞蹈。

它重复道:

"我们来跳舞如何?既然有乐队在!"

回答他的是一阵掌声。突然,词语们动弹

起来。乐手们也都苏醒了过来,包括我的托马斯和他的未婚妻,大家演奏起一曲疯狂的萨尔萨。

达里奥非常严肃地扮演着自己的角色。他在摇晃着、舞动着、扭着腰的句子当中来来回回,给出一些专业指导:

"腰再弯一点!你呢,呼吸,放松点……"

他不时走到我和特拉维西埃先生旁边,喘口气,喝点东西。

"孩子们,多快乐的节日!谁想得到标点符号能制造出这么大的快乐?这种美让我口渴。你们不渴吗?"

人们不断地递给他褐色的大瓶子。农业朗姆酒①让他恢复了记忆。

"标点符号和舞蹈……我想起来了……从16

---

① 与以废蔗糖为原材料的工业朗姆酒不同,农业朗姆酒以蔗糖汁直接制造。

世纪开始,人们就想把舞步和连步记录下来。你听说过拉乌尔·弗耶①这个名字吗?"

我们向他承认我们的无知。

"他是舞蹈记录法大师,他的著作出版于1700年。你们想象得到吗,我们今天还在使用他发明的记录法?等等,让我想想,《用记号、

---

① 拉乌尔·弗耶(1660—1710),法国编舞者,舞蹈记录法发明者。

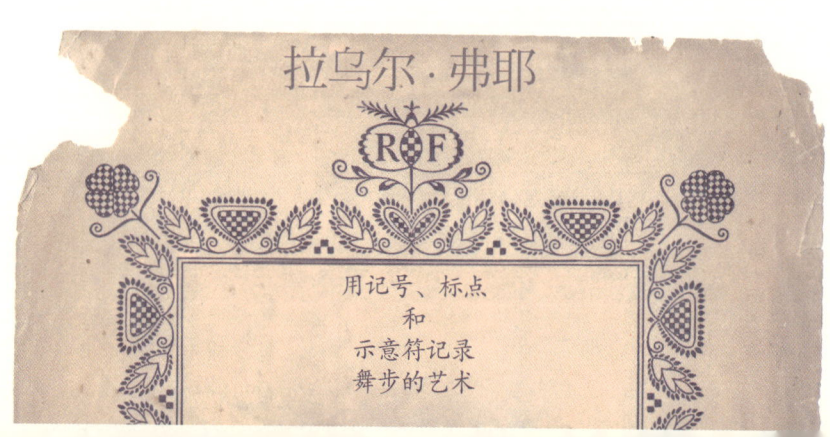

标点和示意符记录舞步的艺术》。这难道不也是标点符号吗?"

在海鸥、燕鸥和螃蟹惊恐的目光注视下,沙滩变成了巨大的舞场,毫无疑问,这是史无前例、第一次专门为词汇而设的舞厅。

直到大家都累了,跳舞才结束。乐手们一个个倒下,顺势躺在沙地上,很快就睡着了。最后倒下的是蓬斯夫人,那是我们当地的萨克斯明星。音乐停下,四周突然安静下来。

词语还想继续下去,几个激情未已的词还在动,但它们已经清楚地知道,课间休息结束了,于是一个个过来向我问候和告别,让娜,再见,谢谢,谢谢了!然后,它们遗憾地,蹑手蹑脚地,小步小步地回到了自己的故事当中。

我是说,它们回到了书中自己的位置。"狮子"是最后一个走的。

"让娜,我有个主意。每年把所有的书都从书架里拿下来一次,全都翻开,让词语能透透气。我向你保证,我们晚上回去时肯定会精神饱满。你说怎么样?"

我差点激动得大喊起来,答应竭尽全力,让它们能够得到一天假期。看着亲爱的"狮子"走远,我的眼睛也湿润了。

接着,乐手们也走了。我想拥抱托马斯。但为时已晚,他已经消失了,也许是跟他的那个吹小号的新女朋友一起走的。

我又成了孤零零的一个人。

然而,我感到还有什么东西陪在我身边。

有个人,或者是什么东西,在附近呼吸。我转过身。一个人都没有。在椰子树和海边之间,什么都没有。

这是怎么回事呢?

我想起了一个人们以前常用的字:谁?哨

兵怀疑有敌人出现时往往会这样喊:"站住!谁?"

站住,谁站在这好像空无一人的沙滩上?

我好不容易才忍住没跑。让娜常常没有头脑,这你们已经发现,但她有胆量。我慢慢地恢复了平静,尽可能有逻辑地分析形势:

1. 螃蟹和龟蛋可以排除,它们看不见,但可能藏在沙中。不过,它们都不会以这种方式呼吸。

2. 那些可怜的推土机手也可以排除。他们的马达震耳欲聋,怎么可能发出这么小的声音呢?

3. 剩下的就是大海了。

大家都知道,大海会呼吸。涨潮时呼吸,退潮时呼吸。哪怕没有一丝风,哪怕在平潮的时候,也会有一些小浪每两三分钟就会拍打一次海岸。

我走远了,离开了沙滩。为了弄清真相,我穿过当时空荡荡的沿海路,一直来到既没有奶牛、也没有羊群的极安静的田野。唯一可见的陪伴者是一只灰鹤。我伸长耳朵。那声音在继续,一直不变,是呼吸声,这证明出现在我身边的,不可能是大海。

这时,几只蜻蜓决定帮助我。它们绕着我不断盘旋,在我头顶越飞越近,越飞越快。尽管我天生愚蠢,我最终还是明白了它们是想给我传递信息。

我集中意念。

事实出现在我面前:我到处寻找,刚才在海上寻找的东西,就在我自己身上。藏得严严实实,完全隐蔽在我肺部的机械装置后面,那是另一副活动的齿轮系统,是一架感情机器。这种从我心底升起、产生的欢乐,一段时间以来让我低声欢笑的快乐，这一唤醒我的黑夜的光芒，这些袭入我的肚子、让我感到暖烘烘的东西，究竟是什么？

那种波浪般的东西为什么突然停止了？戛然而止，似乎没有像正常的波浪那样平静地退去，而是直接落在了深渊里。当然，也把我拖入了其中。我为什么突然变得忧伤，变得那么忧伤、失望，而刚才我还生活在云端，与天使们在一起？

创造一种什么样的标点符号才能描述这种裂变呢？断裂线∑？上下箭头↑↓？

如果你们知道，请写信给我。版权我们一起分享。

我，让娜，总有一天，我将完善语法，让它能忠实地反映我们所有的情绪波动。不过，这会不会是音乐要扮演的角色？词语和句子，哪怕标点符号用得很认真，也不能道尽一切。为了表示感情的活动、任性和无法控制的自

136　　归来吧，标点

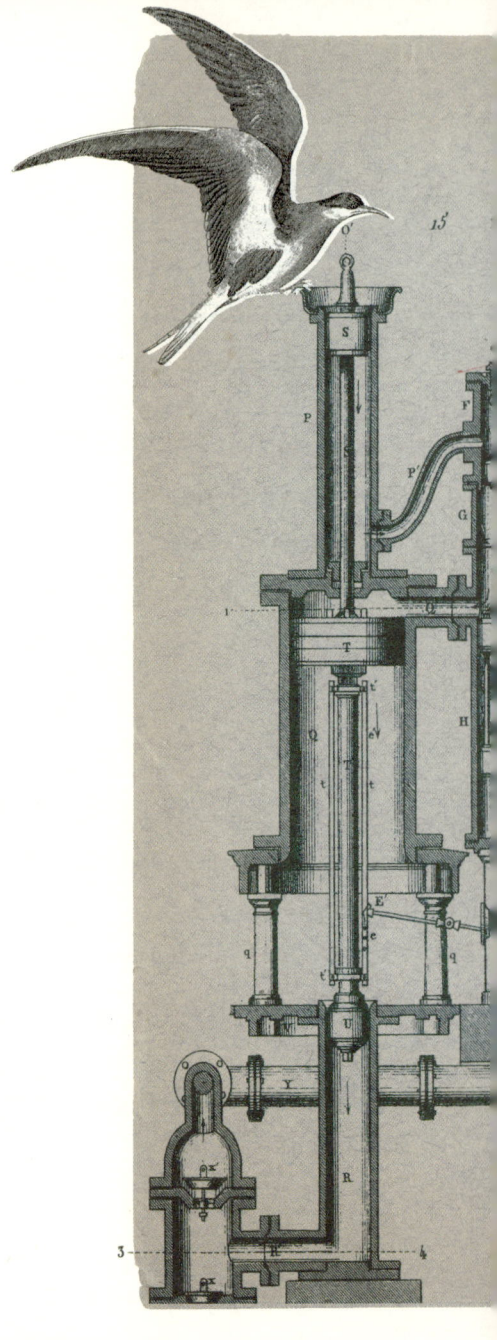

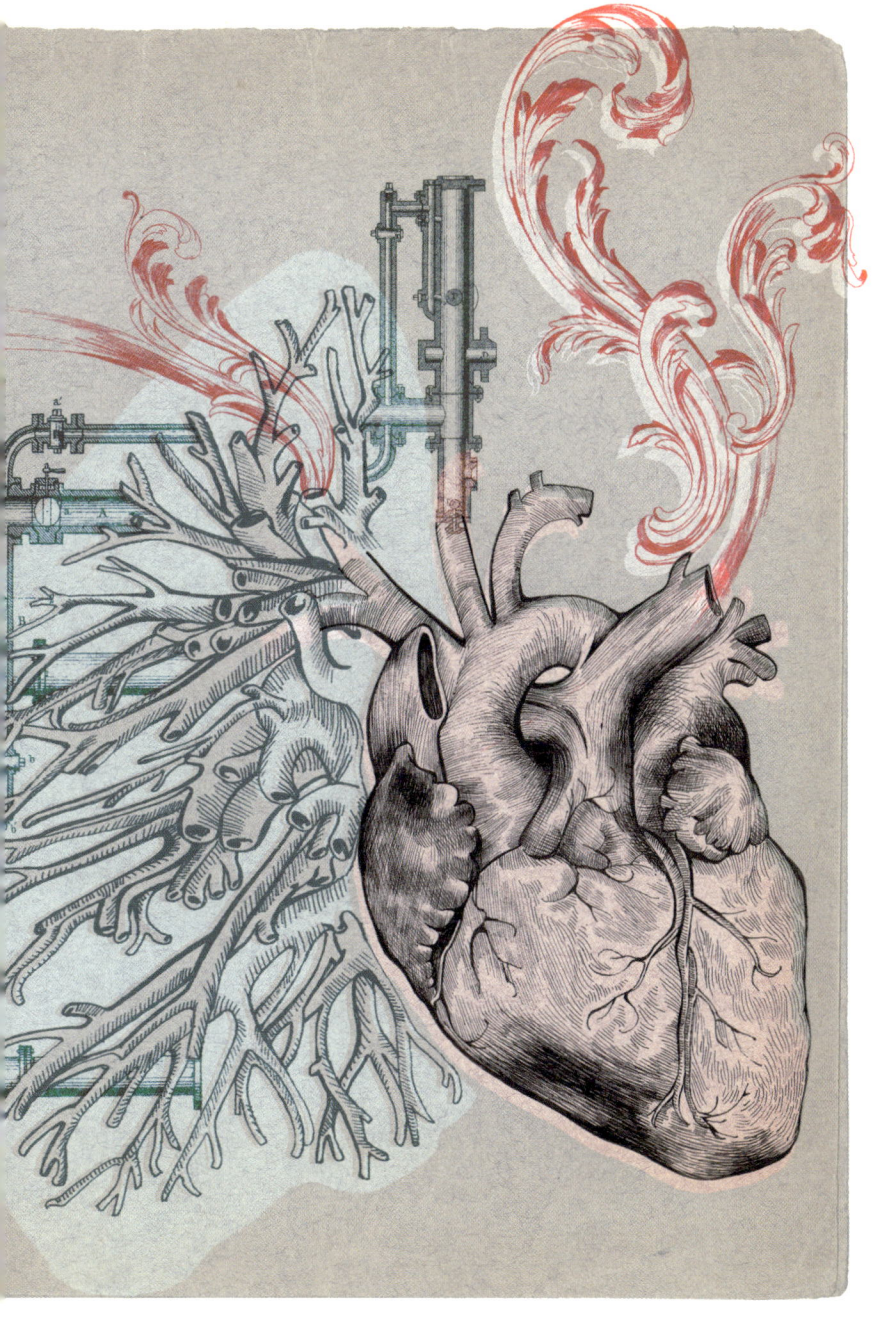

由，也许没有比音乐旋律更好的东西了。

我得跟谁谈谈。我走到灰鹤旁边,把我的梦想告诉了它。因为我清楚地知道我身上那台开动的机器姓什么,甚至还知道它的名字。灰鹤认真地听我说完,飞走了。

32天之后——一天不少,我的梦想得到了满足。也许是灰鹤作为任务,把我的梦想带给了一家工厂,那里有个人决定(或者没有决定)把它变成现实?

"港口来了一个人找你。"

在我们的这个小岛上,没有一个人能悄悄地来悄悄地走。来访者刚踏上海岸,大家就知道了他的身份。大家都在猜,这位客人跑这么远的路是来看谁的?(男人还是女人?老人还是小孩?)他没有必要问任何问题。大家好像都在等待他,马上就给他指了路。

"去让娜的家,您不会弄错的。信风路口,

'遇难图书馆'沙滩方向。从那儿一直往前走，一直走到晒鱼场前。我可预先告诉您，西风一吹，那里可臭了。不过，还是要祝您在这里生活愉快。"

我躲在门后等他，强忍着不让自己迎向前去，努力保持平静，装成一副淑女的样子。我清楚地知道，男孩们，尤其是印度的男孩，不喜欢恋人太外露、太张扬、太嚷嚷。于是，我慢慢地、十分缓慢地投入他的怀抱。

接下来的事，你们这些冒失的读者和那么喜欢偷窥的好奇者，你们将一无所知。你们只需知道，一整个晚上，我的身体都在颤抖，以各种方式颤抖。第二天，当我向达里奥介绍阿米塔夫的时候，他站在"节奏博物馆"的门口欢迎我们：

"欢迎你们，亲爱的情侣！我觉得没必要带你们参观了。某些东西告诉我，关于节奏，你们不需要任何人的介绍。"

说着,他抓住我的肩膀:

"让娜,我有话要对你说。"

我们走到一旁,阿米塔夫乌黑的目光尾随着我们。哦,看见自己所爱的人吃醋了,我心里太高兴啦!

"让娜,好好听着!"

达里奥收起微笑。我想提醒您,达里奥的笑跟我们不一样。如果他露出了微笑,那是为了掩饰自己的哀伤;如果他变得严肃了,那是生活的快乐又回到了他身上。就像那天上午一样。

"让娜,我很开心。"

"这太好了。你很少这样。能告诉我为什么吗?"

"你的爱情会日久天长。"

"我希望这样,哦,我太愿意这样了。可你为什么这样认为呢?"

"你是个语法学家。"

"那又怎么样?"

"语法学家讲究词与词之间的搭配。爱情不就是和谐搭配的结果吗?"

"既然这样……"

"还有。语法学家的节奏感强,这一点,你

已经向我证明了。"

"它们之间有什么关联呢？"

"爱情是一件让人身心都愉快的事情，但这也跟钟有关。"

"你今天真是太严肃、太神秘了！"

"每个情人身上都有一个钟，两个钟必须和谐。"

"这我就不明白了。"

"这跟语法一样。我们的心情是会变化的，时好，时坏，就像天会下雨，雨后会天晴一样。这没什么大不了的。在每种心情之间，你安放一个逗号就可以了，不用担心。"

达里奥捕捉到了我的直觉。我也同样，想到感情的波动是那么脆弱——哦，太脆弱了，我就明白标点符号的作用。达里奥皱了皱眉头，继续说教道：

"而换行符，就要更严重了，问题就严重多了。红牌警告！"

"我想确认自己是不是听懂了。你给我讲讲,在爱情当中,什么是换行符?"

"你跟男朋友吵架了。天黑了,你们到了睡觉的时候还没有和好。这太糟糕了!梦是有可能让你们各奔东西的呀!那时,夜不再是个普通的逗号,表示两个白天之间平静的分离,而变成了一个句号,成为结束。"

达里奥又笑了起来。这说明,他又感到了伤心。可怜的达里奥!他可能又想起了自己已逝的爱情(他错失的爱)。

"你呢,你从来没有成功地爱上过别人吗?"

"我呀,我白白地会跳舞了。我是个倒霉鬼!因为,你知道,我对标点符号一窍不通,总是把逗号当句号,因为一点点小事就生气,于是,我的未婚妻离开了我。或者相反,我把句号当成逗号了。她想一个人安安静静,我却靠近她,去爱她。结果……"

"你的未婚妻因此而离开了。"

"祝你好运,让娜!好运!如果你迷失在钟里,对不起,我是说标点符号,总之,如果你需要音乐,你有我的地址。我永远都会有个乐队,让你的生命重新起舞。"

鸣 谢

感谢尊敬的莱奥波德·塞达·桑戈尔,诗人,语法家,总统阁下,请原谅我稍微动了一下他的生平年表,让他进入了我故事。我非常激动地回忆起我们的见面。那时,他已经主动放弃了权力。这在全世界,尤其是在非洲,都是非常罕见的事情。他在位于巴黎托克维尔广场1号的小公寓里接见了我。弗朗索瓦·密特朗①曾委托我组织第一届法语峰会,莱奥波德·塞达·桑戈尔在法律上给了我许多颇具智慧的建议。

感谢达尼埃尔·里曼。这个如此博学、如此慷慨的语法学家,有时又显得非常严厉。她关注这一不可思议的

---

① 弗朗索瓦·密特朗(1916—1996),法兰西第五共和国总统(1981—1995)。

工程至今已经8年：通过讲故事的办法，试图让年青一代对语法产生兴趣。

感谢维莱娜莱罗歇小学，它以我的名字命名，这让我感到无比荣幸。谢谢了不起的校长索菲·夏罗。

谢谢小学毕业班的巨大团队：阿列克斯、阿尔蒂尔、奥德莱、阿梅里克、菲里克斯、朱斯蒂按、克里斯塔尔、里拉、梅拉尼。这些阅读者充满了创意而又毫不留情。

谢谢埃尔哲、达夫内、安娜、阿希尔、奥古斯蒂娜和阿列克斯，他们对我可不客气！

不该忘了两位仙女，手迹变化辨认专家，夏尔洛特·布西埃和玛丽·欧仁。